SIMONE BRITO
RENAN SPRINGER DE FREITAS

FIGURAS MODERNAS

COLEÇÃO DOIS PONTOS

mórula EDITORIAL

ORGANIZAÇÃO DA COLEÇÃO
ALEXANDRE WERNECK
EUGÊNIA MOTTA

REVISÃO
MARILIA PEREIRA

PROJETO GRÁFICO
PATRÍCIA OLIVEIRA

CIP-BRASIL. CATALOGAÇÃO NA PUBLICAÇÃO
SINDICATO NACIONAL DOS EDITORES DE LIVROS, RJ
Elaborado por Gabriela Faray Lopes – CRB 7/6643

B877f

Brito, Simone
Figuras modernas / Simone Brito, Renan Springer de Freitas; [organização Alexandre Werneck, Eugênia Motta]. – 1. ed. – Rio de Janeiro: Mórula, 2024.
108 p. ; 19 cm. (Dois pontos ; 1)

Inclui bibliografia
ISBN 978-65-6128-001-3

1. Sociologia na literatura – História e crítica. I. Freitas, Renan Springer de. II. Werneck, Alexandre. III. Motta, Eugênia. IV. Título. V. Série.

24-87956 CDD: 809.93355
CDU: 316:82.09(81)

Rua Teotônio Regadas 26 sala 904
20021_360 _ Lapa _ Rio de Janeiro _ RJ
www.morula.com.br _ contato@morula.com.br
/morulaeditorial /morula_editorial

"BARTLEBY" E A ANSIEDADE NA BUROCRACIA

SIMONE MAGALHÃES BRITO

"BARTLEBY, O ESCREVENTE: UMA HISTÓRIA DE WALL STREET", conto de 1853 do americano Herman Melville, narra a história de um jovem escriturário – Bartleby – que, contratado por um advogado do distrito financeiro de Nova York como copista, por dois dias executa perfeitamente uma quantidade extraordinária de cópias, mas, no terceiro dia, quando chamado para ajudar na correção, toma uma atitude que, a todos do escritório, parece completamente insana, e responde: "Preferia não fazer". Às obrigações da existência num mundo de leis e documentos, ele passa a responder sempre com o mesmo "preferia não". Em uma época supostamente aberta à experiência democrática, o simples "preferia não" surge como incômodo e desafio. Desde sua publicação, não há um acordo se Bartleby seria a representação de nossa apatia ou do poder de resistência, se é fruto da frieza produzida pela burocracia ou da potência estética, mas o encanto dessa dúvida ainda atrai o interesse de pessoas tão diferentes quanto os que cultivam o nada, se enredam em procrastinação ou planejaram ocupar Wall Street.

Num escritório em Wall Street, um advogado decide contratar mais um escrevente para ajudar com o excesso de trabalho. O jovem contratado, Bartleby[1], uma figura "incuravelmente desolada", "singularmente serena", realizou perfeitamente o trabalho, que, segundo o próprio contratante, era uma atividade "monótona, cansativa e letárgica". No terceiro dia, entretanto, quando chamado para cotejar um documento, ele responde: "Preferia não" (*"I would prefer not to"*). Desse momento em diante, o jovem começa a apresentar um

1 Todas as citações a "Bartleby, o escrevente" são a partir da edição brasileira da editora Autêntica (Belo Horizonte, 2015), tradução de Tomaz Tadeu. Nas citações usarei como referência apenas B e a página.

comportamento estranho, respondendo sempre o mesmo "preferia não" a todas as atividades requeridas, causando conflito com os outros empregados, que não aceitavam aquela postura – vista como uma estratégia para não trabalhar. O advogado-narrador é tomado de surpresa, tenta compreender o que se passa com seu funcionário e, por um tempo, não sabe como responder – afinal, o rapaz não se negava a trabalhar. Apenas "preferia não". Ao descobrir, numa rápida visita ao escritório no domingo, que o escrevente estava morando no próprio local de trabalho, e se mostrava cada vez mais imóvel e silencioso, quebrando todas as regras, o advogado começa a tentar, em vão, retirá-lo de seu ambiente: demite-o. Como Bartleby permanece imóvel, o patrão decide mudar de escritório. Algum tempo depois, o advogado ouve que o novo ocupante do lugar não teve paciência e chamou a polícia para prender o "invasor". Ele, então, visita Bartleby no cárcere, mas o jovem não deseja ajuda ou diálogo, vindo a morrer de fome poucos dias depois. Após sua morte, o advogado descobre que ele tinha trabalhado no escritório das cartas mortas – cartas que nunca chegaram a seu destino – e, provavelmente, a tristeza provocada por esse trabalho seria responsável pela incapacidade de adaptação de Bartleby ao mundo. O jovem escriturário não se adequou ao imperativo da indiferença exigido pela rotina de trabalhar com desilusões. Comovido, o narrador exclama: "Ah, Bartleby! Ah, humanidade!". E graças ao jovem escrevente, o velho advogado, inicialmente apenas orgulhoso de suas conexões e valores puritanos, descobre um novo sentido para a experiência.

De toda a constelação de burocratas da literatura, talvez Bartleby seja o mais enigmático. Não entendemos as causas de seu insistente "preferia não" e, assim como o advogado-narrador, buscamos sem sucesso qualquer coisa que possa explicar sua recusa a viver e se relacionar. Hoje, muito mais do que no momento de sua publicação, os leitores tentam descobrir o que o jovem funcionário representa: desistir diante do absurdo que é viver sob o imperativo econômico de Wall Street ou uma resistência radical a esse imperativo? Quando, em 2011, começam a ser traçados paralelos entre os participantes do *Ocuppy Wall Street* e Bartleby, levando a uma leitura pública e à adoção do (agora slogan) *"I would prefer not to"*, parecia muito claro que o personagem era um vegano *homeless* resistindo às corporações. Mas será que o seu silêncio e isolamento podem mesmo ser transformados num imperativo político? Temos aqui espaço para uma dúvida razoável: não sabemos se ele definhou de tristeza ou se fez uma greve de fome. Sabemos que só comia bolachas de gengibre, mas não temos como ter certeza se era por uma obrigação ética para com os animais ou pela miséria do salário – também já se afirmou que o gengibre servia para acalmar o permanente estado de enjoo e repulsa pelo estado da vida. Não tinha onde morar – por isso não saía do escritório, morreu anoréxico e deprimido. Não temos garantia do porquê desses fatos: se por escolhas de um espírito radical ou por desalento. Mesmo a explicação de que chegou a esse estado de nervos devido à experiência com as cartas que nunca foram entregues, os desencontros da vida, é suspeita. Colocar a culpa num passado distante poderia ser uma estratégia do advogado-narrador para encobrir seu remorso, os rompantes de caridade podem esconder a realidade de pagamentos miseráveis que não permitiam ao rapaz comer ou ter um endereço fixo. Para o patrão, um burguês, pode ser mais fácil justificar o definhamento de seu funcionário com dores abstratas da alma do que reconhecer o ambiente de trabalho humilhante que ajudou a produzir.

Muito antes de se tornar *slogan* do *Occuppy*, entretanto, Bartleby já era interpretado por filósofos de diversos matizes como exemplo de resistência, desobediência civil e potência criativa. Porém, a verdade é que nada sabemos do sentido de suas ações, especialmente porque o narrador não inspira confiança (Mariotti, 2013, p. 165). Sua calma "em meio a ações e hipotecas e escrituras de homens ricos" (B, p. 9) contrasta com o sofrimento de seus empregados, a descrição amena do escritório normaliza um ambiente marcado por alcoolismo, cansaço e colapsos emocionais. A incapacidade do funcionário mais velho, Turkey, de trabalhar após o meio-dia, sua grande agitação, muito se assemelha a sintomas de uma crise de abstinência. A pobreza é evidente nas roupas velhas e "ensebadas". Seu casaco era tão vergonhoso que o patrão faz a gentileza de lhe presentear com um novo (não seria mais respeitoso um aumento de salário?), mas não foi uma boa ideia porque o bom casaco o tornou insolente: "[*A*] prosperidade fazia-lhe mal" (B, p. 27). O mais jovem, Nippers, além dos sintomas de indigestão, da incapacidade de encontrar uma posição para escrever que não causasse dor ou atrapalhasse a circulação, recebia constantemente a visita de cobradores de dívidas (B, p. 25). O terceiro, Ginger Nut, o aprendiz de apenas 12 anos, era filho de um cocheiro que sonhava vê-lo se tornar juiz. Ao falar de sua coleção de cascas de oleaginosas, o narrador afirma que "para esse rapaz esperto, toda nobre ciência do direito cabia numa casca de noz" (B, p. 31), mas essa espirituosidade e simpatia encobrem o fato de que esse funcionário é uma criança ainda interessada em brinquedos, obrigada a ficar sentada por horas numa mesinha quando não estivesse trazendo água e comida para os outros. Além disso, há ainda o fato óbvio de que ele nunca se tornaria um juiz a partir da realização dessas atividades[2]. O escritório é cercado de paredes de tijolos, faltam vida e ar. O trabalho é exaustivo e somos levados a pensar que as maçãs e biscoitos consumidos pelos funcionários ao longo do dia podem servir para disfarçar a falta de refeições.

Com a descrição das relações de trabalho naquele ambiente, Melville deixa ecoar um tema muito recorrente na Nova York da sua época: o da escravidão assalariada. Diante das condições precárias de trabalho no Norte dos EUA antes da Guerra de Secessão, as primeiras associações de trabalhadores chamavam atenção para como o trabalho assalariado tentava reproduzir a lógica de exploração da escravatura. Muitas vezes se destaca que o conto não traz nenhuma referência ao problema da escravidão, que era simplesmente a maior questão política da época. Contudo, podemos observar que a fome, a exaustão e o desalento fazem com que o escritório tenha muitas afinidades com o trabalho escravo. Os atos de bondade (o casaco, o perdão dos

---

2 Para alguns críticos (Foley, 2000; Reed, 2004), Ginger Nut, por sua posição de aprendiz, seria o exemplo da permanência de formas pré-capitalistas no escritório.

erros e faltas), a tentativa de demonstrar proximidade dos subordinados, a transformação de patologias decorrentes da miséria em traços cômicos de personalidade – todos esses movimentos do advogado-narrador fazem lembrar a postura dos senhores de escravizados. Nesse sentido, a dificuldade em expulsar imediatamente Bartleby quando ele não realiza seu trabalho é identificada como uma forma de empatia, mas ganha outra perspectiva quando passamos a desconfiar do patrão e perceber as afinidades entre sua generosidade cristã e o investimento feito pelos senhores de escravizados em suas propriedades.

Essa desconfiança não será muito forçada se tomarmos a principal referência oferecida pelo narrador sobre si mesmo:

> Todos os que me conhecem me têm como um homem eminentemente confiável. O finado John Jacob Astor, personagem pouco dado a arroubos poéticos, não hesitou em proclamar a prudência como minha primeira grande virtude; depois, a organização. Não digo isso por vaidade, apenas registro que não fiquei desempregado em minha profissão graças ao finado John Jacob Astor; um nome que, admito, gosto de repetir por seu som redondo e esférico que retine como barra de ouro. Diria ainda, com franqueza, que não era indiferente aos elogios do finado John Jacob Astor (B , p. 9).

John Jacob Astor foi o primeiro multimilionário americano. Fez fortuna ao comprar uma enorme quantidade de imóveis em Manhattan depois da crise de 1837. Diz-se que, em 1848, ele arrecadava US$200 mil por ano só em aluguéis cobrados dos pequenos trabalhadores (Foley, 2000, p. 93), encarnando, em sua época, o exemplo mais conhecido da obscenidade da extrema riqueza (idem). Para Stephen Zelnick, a associação entre o advogado e Astor é uma chave explicativa importante, porque o último era simplesmente o homem mais odiado dos EUA. Na retórica da guerra de classes que mobilizava a Nova York dos anos 1850, os problemas dos altos aluguéis e da escravidão assalariada são elementos centrais e pairam sobre toda a trama (Foley, 2000) e a citação apresentada tanto lança luzes sobre a experiência do narrador quanto permite ler com outras lentes a tentativa de minimizar suas diferenças com os empregados e de construir um sentido de comunidade reinando no escritório.

Não pretendo afirmar que a contextualização histórica traz a resposta sobre quem é Bartleby – ainda que possa desiludir muitas das interpretações entusiastas sobre sua recusa. Talvez a intenção de Melville fosse justamente fazer com que os leitores continuassem se perguntando sobre as ações do jovem escrevente, lançando dúvida sobre duas formas triunfantes e compulsivas: da novela[3] e dos burocratas. Até hoje, essa dúvida ainda tem a capacidade de revelar o absurdo do mundo que se promete mais real e seguro: o das transações econômicas, das grandes corporações prudentes e organizadas. Desse modo, entender o contexto de produção da obra e desconfiar do narrador (Mariotti, 2013) são ferramentas de uma estratégia produtiva para atualizar as perguntas despertadas por "Bartleby". Diante dos muitos caminhos permitidos pela obra, escolhi me perder numa rota sociológica bem particular: demonstrar como seus personagens revelam os fundamentos morais da vida burguesa, especialmente a lógica de produção da indiferença burocrática. Para isso, contextualizarei sua produção e, em seguida, tratarei de suas interpretações. A partir disso, espero demonstrar que as intepretações da obra estão presas na armadilha produzida pelo narrador-patrão: os ideais morais burgueses.

3 Embora "Bartleby" se enquadre formalmente na categoria conto (*short story*), também podemos compreendê-lo no campo da novela. De maneira específica, o termo "novela" é usado aqui para se referir à forma literária que se desenvolveu durante o século XVIII refletindo o complexo de problemas relacionados à formação do indivíduo: aprofundamento dos sentidos de consciência individual, constituição dos limites da vida privada e a busca de virtudes ou valores morais adequados às mudanças em curso. As novelas foram uma espécie de lugar de experimentação da sensibilidade burguesa e, no caso específico de Melville, o alvo de suas críticas eram as novelas de Charles Dickens.

Contrapondo essa armadilha às brechas encontradas por Melville, tentarei demonstrar como a relação entre o advogado e Bartleby compõe uma protoimagem dos dilemas morais da vida sob o capitalismo.

* * *

O conto "Bartleby, o escrevente" foi publicado em duas partes, nas edições de novembro e dezembro de 1853 da revista *Putnam's Monthly Magazine*. Na década anterior, Melville tinha se consagrado como narrador de aventuras marítimas e, num mercado editorial em expansão, conseguiu atrair um grande público para suas aventuras nos "mares do Sul". Esses primeiros escritos buscavam reproduzir no grande público a impressão causada no ambiente familiar por seu talento como contador de histórias maravilhosas, vividas em 18 meses de viagens pelo Pacífico Sul. Apesar das críticas à ganância dos missionários, à miséria e humilhação a que eram submetidos os marinheiros, os primeiros romances ("Typee: Um olhar sobre a vida na Polinésia"; "Omoo: Uma narrativa de aventuras nos mares do Sul") foram muito bem recebidos no espectro das grandes aventuras que serviam para moldar o caráter e a coragem do público masculino da nova nação[4]. Em sua estreia, além das qualidades estéticas, Melville obteve sucesso porque seu projeto intelectual de reconstrução da experiência foi associado com elementos da retórica de expansão democrática americana.

A ruptura com esse sucesso literário veio com a publicação de "Moby-Dick ou A baleia" (1851) e, em seguida, de "*Pierre; or The Ambiguities*" (1852). O primeiro desagradou profundamente o antigo público leitor de aventuras náuticas; o segundo, uma tentativa de agradar uma nova audiência feminina como Hawthorne tinha conseguido com "A letra escarlate", causou grande incômodo por tocar na temática do incesto e arranhar a imagem de respeitabilidade e a moral sexual da família americana. Quando escreveu "Bartleby", Melville já vivia plenamente as frustrações produzidas por seu duplo objetivo como escritor, vender livros e confrontar as convicções do público – especialmente sobre a confiança na superioridade moral do Novo Mundo. Naquele tempo, ainda não havia um público para as imagens da decadência moral americana.

4 Alguns críticos o desprezaram, dizendo que nunca teria o talento de um Defoe para escrever aventuras do mar. Mas, por exemplo, Robert Louis Stevenson ficou tão impressionado com suas imagens que decidiu viajar para Samoa em busca daquelas aventuras e seus efeitos para a formação do caráter.

Antes de escrever o conto aqui em pauta, o autor desenvolveu um grande interesse por biografias, que vinham se tornando um gênero importante no mercado, por serem associadas a uma necessidade cívica ou ao trabalho de formação do caráter. Apesar de não podermos definir claramente que biografias Melville leu (Kelley, 2014), é possível situar o desenvolvimento de sua obra num contexto intelectual marcado pela relevância e pelo sucesso de obras como *"Representative Men"*, de R. W. Emerson, na qual se discutia o papel de gênios como Platão, Shakespeare, Goethe e Napoleão para o desenvolvimento da humanidade, e *"Narrative of the Life of Frederik Douglass, an American Slave"*, a autobiografia do abolicionista e ex-escravizado Frederik Douglass (idem). O sucesso dessas obras não pode ser entendido fora do processo de formação de um caráter americano ou da necessidade de construção dos ideais morais e traços de personalidade associados capazes de representar o espírito da democracia. O interesse pelos grandes homens e suas biografias precisa ser lido como parte de um problema compartilhado por muitos intelectuais contemporâneos a Melville: produzir um espírito e civilidade americanos ou, em outros termos, determinar e constituir as características morais dos homens que habitariam o Novo

Mundo. A promessa de construção de um novo homem para viver o mundo da democracia é um elemento marcante e exaustivamente reconhecido da cultura americana, mas é pouco destacado o fato de a construção desse espírito democrático se dar a partir e não contra a herança da tradição militar e dos ideais de masculinidade guerreira. As características morais dos homens a viverem no Novo Mundo não foram constituídas a partir da ruptura com a tradição, ao contrário: retiraram sua força do passado e da relação com a violência da conquista e expansão do território. Dito isso, é interessante notar que as biografias surgem nesse contexto com uma função muito clara: reproduzir os traços de caráter necessários para representar a nação, resgatar características singulares desses guerreiros de espírito democrático que, sem registro nem culto, poderiam se perder no cotidiano e deixar de orientar as ações dos leitores. As biografias contavam com o enquadramento perfeito para a composição do culto à ação individual, mas, em seu interesse, Melville conseguiu "apenas" produzir o negativo das biografias e retratar o descompasso entre o desejo e a capacidade de ação. Sua ênfase na universalidade do autoengano abalava a possibilidade de construção dos sentimentos superficiais que encantam o grande público.

A tensão entre a necessidade de sobreviver da venda de livros e essa imaginação negativa, radicalmente sensível aos modos de dominação que se constituíam sob a promessa de um país democrático, marcou profundamente a obra de Melville, moldando a rejeição de seus contemporâneos e, certamente, a centralidade de sua obra ao longo do século XX até os dias de hoje. Para se compreender "Bartleby" e, especialmente, sua estranheza, é necessário perceber como a sobreposição de tensões que organizam a experiência do autor também são refletidas na estruturação da obra: (i) entre a melancolia por um mundo cada vez mais alienado e distante dos ideais de liberdade e a necessidade de atrair e agradar ao público consumidor de novelas; (ii) entre a necessidade de produzir biografias de pessoas e ações heroicas e a mediocridade produzida pelo mercado e mundo do trabalho; (iii) entre uma vida moral e a alienação.

Leitores contemporâneos interpretam essas tensões e a economia da narrativa como resultado do silêncio causado pela iminência do apocalipse – um mundo pré-kafkiano, como se a obra tivesse nascido com uma inspiração messiânica para responder a nossos problemas e necessidades e, desse modo, constroem um *Bartleby transcendental*, que encarnaria a potência da ação e a desobediência civil. A esse "Bartleby", pretendo opor a leitura sociológica de um *Bartleby trabalhador*, mais de acordo com as condições de produção da obra e, especialmente, capaz de fazer perceber a crítica moral projetada pelo autor. Essa perspectiva pretende revelar que, como indica Jason Frank (2013, p. 5), a obra de Melville precisa ser lida como a contranarrativa da moral messiânica que moldou a cultura política americana na segunda metade do século XIX, confrontando as narrativas heroicas associadas ao excepcionalismo americano.

Quando se fala da Renascença Americana e na impressionante concentração de obras canônicas num curto período entre 1850 e 1855[5], Melville e seu livro "Moby Dick" ocupam um dos lugares mais importantes. Contudo, é preciso mencionar o fato sociológico óbvio de que a construção do

5 No século XIX, quando a sociedade americana se torna uma sociedade de mercado, o mundo das letras também passa a operar segundo uma lógica comercial. A tensão entre a formação de um mercado consumidor de obras de arte e os ideais de uma vida artística, não limitada por interesses comerciais, é a ambivalência fundante desse momento. O problema do colapso da sociedade agrária, da estratificação de classes, escravidão e democracia se tornam elementos centrais dos romances da época. As obras do chamado Renascimento Americano são a melhor síntese desses problemas: "Homens representativos" (1850), de Ralph Waldo Emerson; "A letra escarlate" (1850) e "A casa das sete torres" (1851), de Nathaniel Hawthorne; "Moby Dick" (1851), de Melville; "Walden ou A vida nos bosques" (1854), de Henry David Thoreau; "Folhas na relva" (1855), de Walt Whitman.

cânone é – do ponto de vista do autor – sempre um processo tardio, resultado de longas disputas entre gerações e perspectivas. Enquanto produziam suas obras, a maioria daqueles autores encontrava dificuldades para ser publicada, compreendida e, principalmente, para construir uma voz literária que rompesse com a tradição inglesa sem sucumbir aos imperativos de um mercado editorial que (concordavam Melville e Hawthorne em sua troca de cartas) parecia premiar a mediocridade. Contudo, de todos os autores dessa chamada Renascença, Melville foi o que encontrou mais dificuldades de se comunicar com o público. Essa dificuldade de interpretação permaneceu até mesmo no momento em que sua obra passou a ser lida como canônica: o autor contava com grande proximidade com influentes articuladores das ideias excepcionalistas em sua época, chegando, no início da carreira, a participar do movimento *Young America*, responsável pela popularização da ideia de destino manifesto. Por isso, ainda que em seu tempo tenha sido considerado subversivo e imoral, muitos dos que o viram como cânone do início do século XX interpretaram sua obra como uma espécie de proponente dos ideais políticos americanos. Todavia, essa leitura é equivocada, porque ele nunca compartilhou das certezas morais e da fé na Providência que marcaram seus contemporâneos. Ao triunfalismo que fortalecia o poder americano, ele contrapunha uma percepção de tragédia, derrota e limitação das possibilidades da experiência. Como exemplo, pensemos no caráter destrutivo de obsessão e violência do Capitão Ahab, que hoje representa tão bem a política americana pós-11 de Setembro; mesmo Ishmael não pode ser um modelo para o *establishment* americano, porque projeta uma masculinidade contra-hegemônica, com a homoafetividade a bordo do navio Pequod sendo um dos elementos de resistência ao isolamento e destruição produzidos pelo mundo do trabalho. Em sua época, essas ambiguidades foram percebidas como sinais da degeneração moral do autor. De modo particular, a experiência da instabilidade econômica – as vergonhas e dívidas que se abateram sobre sua família – produziu no filho Herman, juntamente com sua incapacidade de se tornar um *best-seller*, uma sensibilidade muito peculiar que não lhe permitia viver a corrente triunfalista dominante no cenário político americano. Não havia lugar na política americana da segunda metade do século XIX para o espírito melvilleano e suas ambiguidades.

Ainda que se dê pouca importância ao fato de o conto ter sido publicado num *magazine* e ter rendido US$ 85, é importante compreender o contexto da produção de "Bartleby" e como a obra foi escrita, num curto período, para atender a necessidade de garantir um público e, consequentemente, renda a seu escritor. Melville era um leitor dos folhetins que misturavam variedades e informações, sabia como seu público era formado principalmente pelos jovens advogados e pequenos funcionários dos muitos escritórios surgidos com o desenvolvimento econômico do século XIX, que buscavam unir o passatempo ao ideal de formação cultural. Um dos grandes modelos para esse tipo de literatura "direcionado" aos pequenos escreventes era Charles Dickens. Além do ambiente do escritório em David Copperfield, uma de suas publicações de maior sucesso nas revistas americanas foi "A casa soturna", serializada na *Harper's Monthly* entre abril de 1852 e outubro 1853, povoada por advogados e seus assistentes (*clerks*) (Thompson, 2014, p. 104). Também no mesmo ano em que "Bartleby" foi publicado, "*Times* e *Tribune*" publicaram "*The Lawyer's Story; Or, The Wrongs of the Orphans. By a Member of the Bar*", de James A. Maitland, um novelista muito conhecido na época, que omitiu sua autoria durante todo o período de serialização da obra para reforçar no público a ideia de que se tratava das observações de um famoso advogado de Nova York que precisava permanecer anônimo (Bergmann, 1975). Nessa novela de grande sucesso, o escrevente contratado apresenta muitas semelhanças com Bartleby, especialmente por sua melancolia e seu silêncio, mas a trama que se desenvolve por 400 páginas ganha ares muito distintos quando o jovem escrevente aceita sua demissão e, a partir da benevolência do advogado-narrador, termina por reencontrar sua irmã e se descobrir herdeiro de nobres ingleses (idem). Johannes D. Bergmann (1975, p. 435), tem a interessante hipótese de que Melville não apenas leu "*The Lawyer's Story*", como dialoga diretamente com a obra ao mencionar no início de seu conto:

> Conheci muitíssimos deles, profissional e pessoalmente, e poderia, se quisesse, contar várias histórias que talvez provocassem o riso em cavalheiros afáveis e o choro em espíritos sentimentais. Mas renuncio à biografia de todos os outros em favor de umas poucas passagens da vida de Bartleby, que era um deles, o mais estranho que já vi ou do qual já ouvi falar (B, p. 7).

Adolphus Fitzherbert, o personagem principal em "*The Lawyer's Story*", dono de uma "melancolia constitutiva", seria o exemplo do personagem que poderia provocar risos ou choro, como todas as novelas faziam semanalmente, mas Bartleby tentava atrair o público com a promessa de uma história ou biografia nunca vista (Bergmann, 1975, p. 436). O manancial leitor a quem Melville se dirigia era formado por pequenos funcionários que mediavam as relações entre o público e as leis – outros Bartlebys, Turkeys, Nippers. Havia muitos desses pequenos escreventes ávidos por aventuras e que se tornavam consumidores das emoções serializadas em novelas. A referência ao personagem Fitzherbert parece, inicialmente, apenas uma estratégia para prender a atenção dos leitores, mas é um alerta irônico, uma espécie de "vós que entrais, abandonai toda a esperança" para os leitores de novelas da burocracia.

Um comentador contemporâneo disse: Bartleby era apenas uma impressora. Como ele, os trabalhadores da ordem burocrática em formação viviam o cotidiano de ações repetitivas, baixos salários e humilhações. Por que havia público para esse tipo de literatura – novelas de escritório e pequenos funcionários –, como atestam os grandes sucessos de Dickens e Maiteland que Melville tenta emular? Para Thompson (2014, p. 104), os pequenos advogados e escreventes foram recorrentes na literatura vitoriana por permitirem conectar e discutir diferenças de classe e *status*. É verdade que as novelas de burocracia retratavam a exaustão e a alienação desse novo tipo de trabalho, mas o faziam sob a perspectiva de sua promessa mais brilhante: das possibilidades de ascensão no novo sistema econômico. No caso particular de Dickens, podemos entender que as figuras dos advogados, escreventes e pequenos burocratas representavam uma posição de mediação entre o Estado e as elites, as novas leis e as antigas lealdades. Nesse momento, os romances que incorporaram a burocracia em ascensão encenavam os dramas e desejos de mobilidade, articulavam as promessas de autonomia por meio dos rituais da legalidade. O que autores como Melville e, antes dele, Gogol, em "O capote", fizeram foi revelar seu lado negativo – o silêncio e a miséria – que já nasceu com o trabalho burocrático.

Desse modo, a estrutura narrativa de Bartleby é um tipo muito particular de síntese entre as novelas da burocracia e as biografias: uma história de homens "interessantes e um tanto singulares (...) sobre os quais, até agora, nunca se escreveu nada (....), copistas e escreventes" (B, p. 7). O advogado-narrador, que é também o biógrafo de Bartleby, conheceu muitos outros escreventes; teria material para falar sobre eles e se adequar à regra básica do gênero, que estabelece que o biógrafo deve conhecer a vida/o material de seu biografado (Kelley, 2014, p. 96). Entretanto, ele opta por produzir um relato que, de saída, já sabemos que será incompleto ou insatisfatório: "[N]ão creio que haja material suficiente para uma biografia plena e adequada desse homem. E é uma perda irreparável para a literatura". Que a falta de material e de conhecimento não impeça a realização da biografia se justifica pelo caráter atípico, "singularmente sereno", de Bartleby. Nesse sentido, se os biógrafos se ocupavam de encontrar os traços heroicos que poderiam ser emulados pelos cidadãos do Novo Mundo, a biografia de Bartleby é o encontro de impossibilidades que terminam por contradizer o próprio gênero: uma biografia sem informações, um biografado que age de um modo que não se pode reproduzir – ou de que se tem dúvidas se deveria se tornar um exemplo. Além disso, o próprio personagem central não apresenta o requisito básico para ser biografado, que seria apresentar características humanas. Suas emoções e reações são completamente estranhas e, ao final, com exceção da nota sobre seu lugar de trabalho anterior, continuamos sem saber de sua vida.

Uma objeção pode ser feita a essa linha de raciocínio: Bartleby é uma ficção, uma simulação de biografia. Mas, a forma como Melville tenta borrar as fronteiras entre os dois gêneros, como trata com a disposição de biografar o personagem fictício, opera um importante movimento que talvez seja responsável pelo fato de Bartleby ainda ser um nosso contemporâneo. Digamos que esse movimento é uma brecha ou abertura que permite ver, em meio à formação do sonho americano, aquilo que as biografias dos grandes heróis desejavam esconder: que a promessa de um país livre e igual nascia acompanhada e dependente de um mundo do trabalho repetitivo e alienante. Diferentemente dos heróis da nação americana e sua suposta inteireza de caráter, Melville enfoca as complexidades e ambiguidades morais dos indivíduos: todos os personagens do escritório são seres em pedaços; nem mesmo a reunião das virtudes de todos eles poderia compor um herói. Distante dos imperativos morais claros que conformavam a civilidade americana, temos o escritório como a representação de indivíduos que, presos numa rotina claustrofóbica, não apenas não realizam quaisquer ações virtuosas, como não conseguem produzir sentido moral ou virtude na sua obrigação simples de copiar documentos.

Desse modo, precisamos entender *Bartleby* como uma biografia negativa: uma história da impossibilidade de agir. Se as biografias buscavam moldar o caráter dos homens e mulheres do mundo democrático, esse conto demonstra como as vidas que vivem em Wall Street são incapazes de fornecer modelos para uma vida digna. Além disso, o texto representa também o desencantamento das novelas de burocracia, ao revelar a impossibilidade de realização dos desejos que os pequenos funcionários ou escreventes iam buscar nas revistas de variedade. Podemos dizer que Melville identificou corretamente o que chamaríamos hoje de um "nicho de vendas". Mas sua afinidade com o negativo restringia as possibilidades de sucesso com o público.

* * *

Em severo contraste com a indiferença dos seus contemporâneos, "Bartleby" se tornou, durante o século XX, uma espécie de enigma. A economia do texto se desprendeu de suas razões de origem – uma pequena novela para uma *magazine* – e passou a ser interpretada como característica das vozes oraculares. Hoje Bartleby é como um mito, um Édipo-burocrata. Um personagem do escritor catalão Enrique Vila-Matas (2004), há 25 anos sem escrever, diz que Bartleby funda a "literatura do não", uma (ausência de) forma que sintetizaria a impossibilidade de escrever ou a atração pelo nada que se abateu sobre os escritores do século XX. Para ele, o personagem tem muitos companheiros, "seres em que habita uma profunda negação do mundo". Há muitos outros como ele: "[Q]ue nunca disse quem é, nem de onde veio, nem se tem parentes neste mundo; que, quando lhe perguntam onde nasceu ou lhe encarregam de um trabalho ou lhe pedem que conte algo sobre si, responde sempre: – Preferia não o fazer" (Vila-Matas, 2004). Esses "escritores do não" produzem uma vasta obra "em suspenso na literatura universal" e poderíamos interpretá-los como os principais escritores das fantasias e sentimentos possíveis. O personagem de Vila-Matas transforma o drama do copista no predicamento dos escritores. Ainda que não saibamos se Bartleby teria jamais tentado escrever, o tédio de copiar coisas já ditas e a impossibilidade de beleza no ambiente do escritório resumiriam os dilemas da produção artística[6].

A interpretação do personagem como uma pulsão negativa ou princípio de resistência guarda muitas semelhanças com leituras como a do *Occuppy Wall Street* que associam o *"I would prefer not to"* à desobediência civil e à resistência pacífica. Mas essa perspectiva é problemática não apenas por ela ser um tipo de resistência o que

---

6 A fome e a morte de Bartleby não são esquecidas quando ele se torna essa espécie de patrono dos procrastinadores. Na verdade, o elemento trágico serve a Vila-Matas para, ironicamente, realçar o exagero romântico que envolve a reflexão e prática da escrita.

produziu a fome, o silêncio e a morte, mas principalmente porque, como destaca Agamben (2015), Bartleby suspende todas as reações: a resposta "preferia não" paralisa o ouvinte; não sabemos o que esperar. O incômodo contagioso por ele provocado nas mentes do escritório não vem de um "*pathos* heroico de negação" (Agamben, 2015, p. 29), mas do ceticismo, do hiato ou indefinição nas relações estabelecidas por sua resposta. Para Agamben, Bartleby expressa a contingência – não o pensamento, mas a possibilidade de pensar – "[U]m ser que pode ser e, ao mesmo tempo, não ser, chama-se, em filosofia primeira, contingente. O experimento, em que Bartleby se arrisca, é um experimento de contingência absoluta" (Agamben, 2015, p. 38). Para o pensador, Bartleby se assemelha ao escriba diante da página em branco: ele pode escrever, mas também pode não escrever... É o espaço luminoso do possível.

No mesmo caminho, ainda segundo Agamben (2015, p. 29), Deleuze percebe no personagem "uma zona de indiscernibilidade entre o sim e o não, o preferível e o não preferido". Contudo, o pensador francês parece ampliar radicalmente essa zona de indeterminação. Para ele, Bartleby seria uma paixão ou potência pura que não dá origem a nenhum processo, estaria "fora dos laços sociais" (Arsić, 2003, p. 156) porque não é constituído pelos outros (idem, p. 157). Nessa interpretação, o escrevente se tornaria uma espécie de (não) ser original ou potência. Esse seria um tipo radicalmente novo e anterior de organização da subjetividade, porque não se encaixaria na ordem social e desafiaria tanto a vontade quanto a necessidade. Assim, a leitura pós-estruturalista percebe o escritório e seus agentes como um lugar de compulsão ou forças repetitivas, no qual o comportamento de Bartleby produziria uma zona de indeterminação, um espaço contingente e aberto para uma forma de subjetivação absolutamente nova: uma espécie de singularidade pré-individual (Arsić, 2003, p. 141).

Do personagem de Vila-Matas que tenta dignificar sua procrastinação à leitura dos pós-estruturalistas, podemos perceber uma conexão romântica que transforma o icônico personagem numa espécie de "intensidade" que se contrapõe ou tenta desequilibrar a ordem do mundo. Porém, essa oposição entre uma terra prometida e a realidade cinzenta da burocracia e do capital, entre a potencialidade poética e as lógicas de controle, já era um problema filosófico para o próprio Herman Melville. Alguns críticos destacam que Bartleby e o advogado-narrador representam duas correntes em disputa no mundo intelectual americano: de um lado, os defensores da expansão da ciência e industrialização, do outro, os idealistas que buscavam construir experiências autênticas em oposição à vulgaridade do capitalismo. Esse impulso idealista tem contornos muito precisos naquele contexto: é o movimento político e intelectual chamado transcendentalismo, que celebrava os ideais do individualismo e autossuficiência (por meio do exercício da vontade e da inspiração) contra as formas do mercado e da burocracia estatal[7]. Contudo, se tomamos Bartleby como a representação de um caminho transcendentalista (e do desejo de viver livre da vontade, de desobedecer), o resultado de seu caminho particular de ação (que para Deleuze não seria nem ação nem negação da ação) resulta em fome e morte. O que dizer da potência poética que produz solidão, melancolia e morte por inanição? É verdade que Melville simpatiza com a oposição transcendentalista às convenções e com o culto das virtudes, mas o fim trágico de Bartleby revela também que uma vida radicalmente não convencional não é humana (Marriotti, 2013, p. 170). Parece que

7 "Walden ou a Vida nos Bosques", de Henry David Thoreau, é talvez uma das obras transcendentalistas mais conhecidas. Apesar de ter sido publicado um ano depois de "Bartleby", o retiro de Thoreau para a floresta se deu em 1845. Tanto Hawthorne quanto Emerson publicaram e debateram sobre as possibilidades de ação do transcendentalismo, de modo que não é possível deixar de lado o engajamento de Melville com essa questão.

os românticos contemporâneos terminam por cultuar exatamente o que Melville quis ridicularizar no pensamento burguês de sua época: seu deslocamento da necessidade ou distanciamento das dinâmicas de produção do mundo material[8].

Contra as leituras transcendentais desse conto, Michael Gilmore (2010) propõe um caminho oposto à "literatura do não" de Vila-Matas e convida a pensarmos em "Bartleby" como uma fórmula da conformidade (*compliance*), uma "doutrina da estética da acomodação" (Gilmore, 2010, p. 192). Com sua recorrente postura de "preferia não", todo o progresso conquistado pelo escriturário consistiu em sair "de uma prisão voluntária para uma prisão compulsória, da solidão para a morte silenciosa, dos movimentos restritos para um corpo inerte" (Gilmore, 2010, p. 194). Assim como Gregor Samsa, Bartleby representa a alienação progressiva que culmina em fome e morte. Nos dois casos, temos presentes os efeitos psicológicos do trabalho burocrático nos quais a dor espiritual é somatizada. Ambos foram, em uma fase anterior de suas vidas, bons trabalhadores, mas o

8 Desde seus primeiros romances, a condição miserável da classe trabalhadora é um elemento central na obra de Melville. Ele chegou a ser chamado de "o Marx americano" pelo modo como retratou a violência sofrida pelos trabalhadores e o cinismo dos valores burgueses. No entanto, não se pode esquecer que essa crítica não contemplava a questão racial.

mal funcionamento do corpo lhes tira do mundo e eles descobrem que, no modo burguês, não há bondade suficiente para o que não é funcional.

As paredes limitam a vida no escritório como Wall Street limita a vida americana. É um ambiente claustrofóbico dos que não podem, como propunham os transcendentalistas, voltar para a natureza. E, nesse sentido, não há diferenças entre a vida de Bartleby no escritório ou na prisão. Mas, é importante perceber também que o escritório é um ponto de tensão entre dois modos de produção. Ao mesmo tempo que tenta viver com seus empregados no sistema de lealdades característico da era anterior, as obrigações são puramente contratuais e o advogado menciona constantemente a necessidade de disciplina. Há uma tentativa de manter a lógica da servidão por meio das formas de caridade e proximidade, mas, simultaneamente, a rotina burocrática exige distanciamento. Nesse sentido, o advogado encarna a tensão entre um "*ethos* paternalista" (que enfatiza virtudes e decência) e um "*ethos* instrumental" (Gilmore, 1985, p. 134).

Entre esses dois *ethos* em disputa, percebemos que vai se sedimentando um aprendizado da indiferença como característica articuladora da vida moral na burocracia. Isso pode ser percebido na narração da luta interior sobre o que fazer com o funcionário que não segue as regras, que "preferia não", mas também sobre os problemas de lidar com o temperamento de Turkey e Nippers. Seria possível lermos o conto a partir dos esforços do advogado para estabelecer a disciplina no ambiente de trabalho, principalmente do esforço de evitar as sombras de um *ethos* paternalista que possa ferir a imagem do escritório. Mesmo se, algumas vezes, o patrão-narrador se considera virtuoso por conviver com as particularidades de cada funcionário, o fato é que suas ações são organizadas para impor a disciplina e a impessoalidade: as regras dos outros escritórios e as opiniões de outros advogados são o termômetro da justeza de suas ações para com Bartleby. Quando os pós-estruturalistas afirmam uma experiência aberta ou um momento de pré-subjetivação no rapaz, esquecem de dizer que ele é preso justamente por isso, porque não encarnou os limites da subjetividade requeridos pelo trabalho no escritório. Bartleby encarna a fome, a desilusão e a carência, mas o advogado-narrador e seus intérpretes filósofos transformam-no numa figura poética, onírica e absurda. Tudo que sua resistência consegue garantir é uma mudança espiritual do advogado. De modo muito claro, nosso escrevente encena uma peça em que o trabalhador precisa ser sacrificado para que o burguês resolva os problemas de sua experiência e vazio moral.

Além disso, Gilmore propõe mais um elemento para compor sua ideia de que Bartleby encarna uma doutrina da acomodação: o "preferia não" parece revelar tanto a recusa de Melville em falar sobre a questão racial quanto, de modo mais amplo, a própria aversão do Renascimento Americano em se posicionar explicitamente sobre a escravidão (Gilmore, 2010, p. 192). Nessa leitura, o ato de submissão do escrevente expressaria o silêncio de Melville sobre a escravatura e sobre as promessas não realizadas da democracia americana (idem, p. 194) e o mal-estar produzido por essa posição, comum entre muitos burgueses nortistas, de não agir politicamente contra a tradição escravagista. Nesse sentido, "Bartleby" seria uma tentativa de produzir os traços biográficos comuns de dois grupos que se encontram ao partilhar frustração e desencanto: escritores com sentimento de culpa e aqueles sem voz desde que a literatura resolveu apenas reproduzir a dos privilegiados. Por essa perspectiva, Bartleby seria a única pessoa capaz de refletir o que está acontecendo nos EUA no século XIX: o isolamento e a perda de liberdades (Gilmore, 1985, p. 140). E sua morte traria uma tentativa de retratar a perda das promessas democráticas e o sacrifício da experiência: "[Seus] olhos, embaciados, estavam abertos; fora isso, parecia profundamente adormecido" (B, 137). Desencantado com as possibilidades da literatura no tempo de sua mercadorização, Melville retrata como as preocupações de seu tempo com a biografia e a ação (os "olhos abertos") não conseguem perceber que as promessas ilusórias de liberdade – "Preferia não" – e a permanência da exploração são um veneno mortal para a experiência democrática.

O reconhecimento de elementos de uma "doutrina da acomodação" aponta um problema maior que estrutura a obra de Melville: o dos antagonismos de classe. Ainda que esse seja já o pano de fundo da perspectiva de Gilmore, é preciso situar historicamente a constituição de Bartleby, chamando atenção para a violência com que eram reprimidas as revoltas da classe trabalhadora na Nova York dos anos de 1840 e 1850 e, especialmente, para o fato de que Melville (assim como qualquer burocrata de Wall Street) não podia circular pela cidade sem ter a visão dos cortiços, das massas de estrangeiros miseráveis fugindo da fome e dos ex-escravizados. Esse enquadramento revela o escrevente como um trabalhador para quem os ideais de liberdade vão rapidamente se deteriorando. Se pensarmos em como Tocqueville percebeu os dilemas da democracia na América, como o individualismo poderia ser a fonte de conformismo e opressão da maioria, temos que Bartleby representa o reconhecimento e a incorporação da impossibilidade do sonho democrático, de qualquer sonho[9].

O medo nutrido pelas classes médias em relação às revoltas populares aparece de modo muito claro no texto, quando o novo inquilino do escritório vem reclamar ao advogado sobre a presença de Bartleby:

> "Esses senhores, meus inquilinos, não aguentam mais; O Sr. B...", disse ele, mostrando o advogado, "colocou-o para fora do escritório e ele agora insiste em vagar por todo o prédio, sentando-se nos corrimões das escadas durante o dia e dormindo no saguão durante a noite. Todo mundo está preocupado; clientes estão deixando de vir aos escritórios; há temores de um linchamento; o senhor precisa fazer algo e sem demora" (B, p. 117-119).

Os rumores de linchamento (*mobs*) eram muito recorrentes numa cidade marcada pela miséria e pelas guerras de gangues. A economia de conflitos (entre protestantes e católicos, nativos e estrangeiros, brancos e negros) alimentava o sistema político nova-iorquino e desenhava um clima de

---

9 Ninguém disse, mas, certamente, Bartleby tinha o corpo tão dolorido quanto o de Gregor Samsa.

guerra. Contudo, há um momento específico desses conflitos ecoando na experiência de "Melville: a Revolta de Astor Place" (*The Astor Place Riots*)[10].

---

10 No início de maio de 1849, o famoso ator britânico William Charles Macready foi impedido de apresentar sua interpretação de "Macbeth" nos palcos do Astor Place Opera por um grupo de fãs e seguidores do ator americano Edwin Forrest. Este era criticado, em seu tempo, por tomar muitas liberdades na interpretação de Shakespeare, adequando (ou, para alguns, rebaixando) o texto ao gosto popular americano. Com uma chuva de ovos podres, um pequeno grupo expulsou o britânico dos palcos como uma forma de, defendendo o estilo de Forrest, atacar a aristocracia e seus hábitos ingleses. Muito humilhado, Macready decide voltar imediatamente para a Londres, mas um grupo de 47 homens da boa sociedade – entre eles, Melville e seu editor, Evert Duyckinck – fazem uma petição para que ele permaneça e faça sua última apresentação, garantindo que o bom senso e o respeito pela ordem prevalecessem como características da sociedade americana. Os líderes de organizações nacionalistas tomaram a permanência de Macready como uma ameaça ou recusa da liberdade de expressão das classes trabalhadoras. A ideia de respeito à ordem defendida pelas elites entrava em choque com a noção de liberdade de expressão que seria garantida a todos. A defesa de Macready foi entendida como um elogio da aristocracia inglesa e políticos locais ligados a Tammany Hall convocaram os homens livres a se rebelarem. Em 10 de maio, no momento da apresentação, uma multidão de 15 mil trabalhadores tomou a frente do teatro, munida de tijolos, pedras e armas brancas. A turba só foi finalmente dispersada quando a Guarda Nacional abriu fogo contra os manifestantes, ferindo 38 e matando 22 pessoas. A carta assinada por Melville desempenhou um importante papel, incendiando os ânimos e muitos de seus biógrafos destacam seu sentimento de culpa e hipocrisia por, tendo escrito as histórias dos marinheiros e trabalhadores humilhados, agora se alinhar politicamente com a aristocracia cultural americana e a ideia de que o povo era incapaz de compreender a cultura. O Massacre de Astor Place passou a representar a divisão de classes no seio da democracia americana e, especialmente, a expressar como a ideia de liberdade de expressão não se referia às classes trabalhadoras.

A sombra desse massacre acompanha o narrador, que teme tanto a violência popular passível de emergir a qualquer momento quanto a violência da defesa da ordem que extermina inocentes. A ameaça de linchamento pairando sobre Bartleby e, em parte, sobre o advogado-narrador serve para, no texto, dramatizar os limites – talvez até reconhecer a impossibilidade – da liberdade na alegoria do mundo capitalista que é o escritório em Wall Street. A prisão em que Bartleby termina seus dias, The Tombs, era o lugar onde se encarcerava por dívidas e "vadiagem" – duas formas de desobediência civil. Se, como muitos críticos afirmaram, "preferia não" for uma referência à resistência passiva proposta por Thoreau, Melville não só ridiculariza a solução como demonstra sua inviabilidade como estratégia de ação para os de baixo. A potência das classes trabalhadoras é uma potência de produzir linchamentos e prisão.

À interpretação de Bartleby como alegoria do conflito que organiza o trabalho sob o capitalismo normalmente se opõe a ideia de que o advogado-narrador está tentando salvar o escrevente. Não podemos negar o interesse por ele demonstrado em relação a Bartleby. No entanto, sua caridade só consegue demonstrar a impossibilidade de se viver num escritório ou a perda da alma sob os choques produzidos pela máquina burocrática, o eterno copiar das injustiças do mundo. Enquanto o rapaz definha, o patrão produz grandes esforços para conter a irritação provocada pela obstinação do empregado: "[E]sforcei-me nessa ocasião, por conter os sentimentos de irritação contra o escrevente, julgando sua conduta com benevolência. Coitado, coitado!, pensei, não quer nenhum mal; ademais, teve uma vida difícil; e deve ser tolerado" (B, p. 105). Nesse ponto, devemos perceber que o reconhecimento da caridade do advogado não encerra o conflito no escritório. Ao contrário: a caridade e a benevolência são fundamentais para entender a manutenção da ordem alienante porque os valores do advogado são exatamente os fundamentos da moralidade que sustenta a subjetividade burguesa e sua indiferença ao sofrimento dos outros (seus "inferiores"). Assim como na relação entre capital e trabalho, a moral burguesa consegue extrair e funcionalizar a vida dos trabalhadores, utilizando tanto sua esperança quanto seu desalento para construir um sentido de humanidade que lhes permita continuar bem acomodados nos ambientes mais claustrofóbicos. A organização burocrática potencializa os fundamentos da moral burguesa: reveste a monotonia do mesmo (a cópia e o cansaço) com promessas de liberdade e justiça universal.

Uma vez que foram apresentados caminhos diversos de interpretação de "Bartleby", prefiro não escolher nenhum deles. A forma mais produtiva de lidar com essa sobreposição de alegorias é encontrar o fio que as conecta, o elemento obsessivo em todas as leituras do conto: a ansiedade. O que todos os intérpretes da vida do escrevente têm em comum é a ansiedade sobre as possibilidades da ação: o reconhecimento da perda de sentido, do encolhimento da experiência, e a recusa em aceitá-la.

* * *

"Bartleby" é um conto de ansiedade. A ficção e o processo de construção social dessa ficção se desenvolvem apenas sete anos antes da Guerra Civil Americana. Do ponto de vista do tempo histórico, Melville estava às portas de uma grande ruptura da ordem e, talvez por isso, seus personagens conseguem condensar e aproximar os sentidos afins da ameaça em curso. Como o escritório em Wall Street, a sociedade americana acumulava ressentimentos e promessas não cumpridas, reproduzia as formas de dominação, enquanto acreditava trabalhar por uma ordem de justiça. Melville lembra Marx em diversos momentos de sua obra, mas também lembra Freud: o escritório em Wall Street e seu advogado caridoso e prudente são as projeções do desejo do novo país. Bartleby é a dúvida e a indecisão, a percepção do negativo nas promessas, o que precisa ser recalcado O escritório representa uma síntese da lógica burocrática na medida em que suas ações são tentativas de eliminação da desordem ou da diferença, seja a estranheza do protagonista ou os males de Turkey, todas as sensibilidades precisam se submeter aos princípios da eficiência. No escritório de advocacia melvilleano, os elementos fundantes da futura ordem burocrática estão dispostos: a produção da mera cópia, a ausência de sentido, o desprezo pelo corpo, a impossibilidade da experiência e das escolhas, a recusa da diferença.

O lugar em que conviviam Turkey, Nippers, Ginger Nut e Bartleby deveria ser uma espécie de antessala ou braço da Justiça, mas tudo o que faziam era copiar as mesmas ordens, sufocar de cansaço, maltratar o corpo, que já não conseguia encontrar uma posição. É interessante que em nenhum momento do conto se faça referência a qualquer efeito positivo daquele trabalho para a experiência de qualquer ser. Não se sabe exatamente o que está sendo copiado, apenas que copiar perfeitamente é o principal imperativo.

Não sabemos quem é defendido por aquela banca, mas provavelmente são intrincados de regras e interesses onde não é possível enxergar pessoas. Diferentemente do escritório das cartas mortas, onde a leitura das missivas que não encontraram seu destino abalou profundamente o escriturário, em Wall Street não há nenhuma emoção no que se copia, não há qualquer sentido ou valor substantivo: apenas adequação às formas estabelecidas. O advogado quer nos fazer acreditar que o desencantamento mortal de Bartleby veio da tristeza das cartas mortas, mas como ter certeza de que o mais mortal não foi o vazio das cópias, o desencantamento produzido por uma justiça que se resume ao ato de copiar? A essa perspectiva se poderia objetar que o escritório das cartas mortas também seria uma forma burocrática. Mas é possível uma forma burocrática que ouça as vozes dos que se perderam no caminho? Interessa à burocracia que os milhares que preenchem documentos estão fugindo da fome? Guillen (2001), a partir da pesquisa em jornais daquele momento, que Melville muito provavelmente leu, encontra notícias sobre as cartas mortas. Segundo a reportagem da época, muitas das missivas retornadas tinham sido enviadas por irlandeses a seus parentes que ficaram na Europa e retornavam com a informação: "Foi para América". Durante a Grande Fome, milhares estampavam o carimbo: "Morto" (Guillen, 2003, p. 9).

Bartleby trabalhou no escritório das cartas mortas no passado e foi demitido devido a mudanças na administração. Em seguida, trabalha num escritório de advocacia onde não há nenhuma menção à vida ou à justiça, apenas se copiam papéis – como hoje faz uma máquina. Para Guillen, Bartleby era um homem representativo da miséria nas franjas da promissora Wall Street (idem). Em vez de seguir o patrão-narrador e acreditar que apenas o escritório das cartas mortas foi o ambiente funesto que fez o escriturário "preferir não", podemos entender seu caminho como uma trajetória no desenvolvimento da burocracia: num aperfeiçoamento das rotinas entre miséria e indiferença. Seu sofrimento para aprender e aceitar incorporar a lógica de indiferença exigida pelo trabalho burocrático começa nas cartas mortas, mas chega ao ápice no escritório de Wall Street. Quantas variações de grande fome ou humilhação Bartleby ajudou a selar em seus três dias de trabalho intenso? Como se pode perceber pelo escritório de direito, a indiferença é fundamental para o bom andamento do sistema e por isso não ficamos sabendo de que tratam os processos. O advogado é uma pessoa exemplar por não ter grandes paixões, por aceitar os prejuízos;

os funcionários trabalham melhor quando deixam de lado suas sensibilidades e idiossincrasias; o próprio Bartleby era perfeito enquanto só copiava. Essa perfeição e essa funcionalidade que fazem avançar o trabalho aparecem no conto como uma modulação entre forma e conteúdo preparada para alimentar o mercado em expansão. Os escreventes exercitam seus corpos para não serem afetados por conteúdos, as práticas legais de cópia devem primar pela indiferença às vidas que manipulam. O advogado-narrador é tão bem-sucedido porque consegue dispor de uma boa combinação entre a indiferença[11] e a saúde do corpo que sua posição de classe lhe permite. As muitas paredes do escritório melvilleano lembram que, se as projeções de uma América livre exageraram na quebra das hierarquias, na liberdade de expressão e na possibilidade de vida natural, a ordem burocrática estava trabalhando para manter a velha ordem.

Mas o conto também nos mostra que a sobrevivência da burocracia depende de que toda a indiferença sistematicamente produzida seja sustentada

---

11 É fundamental lembrar que não conhecemos nenhum de seus casos, apesar de ter informações sobre sua fama de prudente e organizado. Quantas famílias ajudou a expulsar de casa por falta de pagamento? Quantos pais ajudou a prender por dívidas? Quantas injustiças ajudou a oficializar como justiça a partir do rito correto?

pela moral burguesa. O absurdo das ações burocráticas e sua indisposição para com os sentidos humanos são mitigados pelo narrador-patrão. Temos que o esgotamento de Turkey e Nippers é transformado num traço pitoresco que termina por agradar e exercitar a paciência do chefe; o elogio e a confiança do homem mais odiado da América não provoca nenhuma dúvida sobre a justeza do histórico de ações do escritório; a morte de Bartleby serve para despertar sua alma fria e cansada. Ou seja, o burguês não apenas organiza o mundo de acordo com sua vontade; ele também pretende determinar a tábua de valores da experiência. A miséria de muitos encontra sua função se puder fazer com que o funcionário da riqueza obscena exercite a caridade ou tenha uma epifania. O ideal romântico sintetizado em "Ah, humanidade!" serve para justificar a miséria de Bartleby e, ao mesmo tempo, atribuir o valor "humano" ao advogado. Mas esse reconhecimento dos sentidos humanos universais, que parece tão significativo, não teve nenhum efeito sobre os outros: ele nasce e morre, como a propriedade, com o burguês. Vejamos: as possibilidades de aceitar Bartleby e sua estranheza foram apenas exercícios mentais do narrador porque, quando colocado diante da necessidade de ações efetivas, o advogado sempre escolhe as convenções. Ele não aceita Bartleby em seu escritório, ainda que tenha algum fascínio por ele, para não ser vítima de rumores dos colegas de profissão. Promete-lhe tudo, mas sempre da perspectiva da caridade, nunca considerando o valor de seu trabalho. Abandona o escrevente no antigo escritório, sabendo que ele logo seria preso. Não demonstra revolta com o sistema que prende alguém que não cometeu nenhum crime, não fez nada – apenas preferiu não fazer.

O escritório representa as possibilidades da vida moral sob o imperativo de que Wall Street sempre aconteça: o advogado, tomado pela frieza, se ressente das intensidades que Bartleby ainda pode viver. Este, por sua vez, descobre a impossibilidade de escolher e de agir moralmente: quanto mais obedece às regras, mais sofrimento provoca. O encontro entre o advogado-narrador e Bartleby não se dá por um sentido de humanidade, mas pelo compartilhamento da impossibilidade de agir moralmente. Ambos estão presos ao imperativo de reproduzir o mundo de Wall Street, ainda que em condições muito diferentes – presos às justificações da exploração. A diferença entre eles, e o que causa a ruína de Bartleby, é o escrevente ter se dado conta da impossibilidade de agir sem reproduzir miséria e indiferença.

Minha interpretação de Bartleby é que o pobre escrevente compreendeu e somatizou a verdade da vida moral sob o capitalismo. Trata-se de algo que, muitos anos mais tarde, Adorno sintetizaria na frase: "Não há vida certa na falsa" (2008, p. 36). Preferi não fazer as conexões entre Wall Street, Auschwitz e nossos tempos. Deixo a tarefa ao leitor.

CONCLUSÃO

Também preferia não concluir. Mas, é preciso voltar a apontar a força da indeterminação da fórmula "prefiro não fazer". Como sugere Agamben, essa indeterminação contamina a linguagem. Espero, ao preferir não desenvolver a relação entre Wall Street, Auschwitz e nossos tempo, contaminar a reflexão sociológica sobre a vida moral. É claro que as perspectivas não parecem muito animadoras, mas o problema de Bartleby era estar preso no horizonte moral burguês. Precisamos resgatar sua intransigência para produzir sentidos contrários à indiferença e construir histórias que não pertencem a Wall Street.

REFERÊNCIAS

ADORNO, Theodor W. *Minima moralia*: Reflexões a partir da vida lesada. Rio de Janeiro, Azougue, 2008.

AGAMBEN, Giorgio. *Bartleby, ou Da contingência*. Belo Horizonte, Autêntica, 2015.

ARSIĆ, Branka. Active Habits and Passive Events or Bartleby. In: PATTON, Paul; PROTEVI, John. (org.). *Between Deleuze and Derrida*. Londres/Nova York: Continuum, pp. 135-157, 2003.

BERGMAN, Johannes Dietrich. *"Bartleby" and the Lawyer's Story*. American Literature, v. 47, n. 3, pp. 432-436, 1975.

FOLEY, Barbara. *From Wall Street to Astor Place:* Historicizing Melville's "Bartleby". American Literature, v. 72, n. 1, pp. 87-116, 2000.

FRANK, Jason. Introduction: American Tragedy: The Politica Thought of Herman Melville. In: FRANK, Jason. (org). *A Political Companion to Herman Melville*. Lexington (EUA): The University Press of Kentucky, pp. 1-20, 2013.

GILMORE, Michael T. *American Romanticism and the Marketplace*. Chicago/Londres: The University of Chicago Press, 1985.

GILMORE, Michael, T. *The War on Words:* Slavery, Race, and Free Speech in American Literature. Chicago/Londres, The University of Chicago Press, 2010

GUILLEN, Matthew. *Melville's Wall Street:* It Speaks for Itself. Journal of the Short Story in English, n. 36, pp. 1-12, 2001.

KELLEY, Wyn. "Pierre", Life History, and the Obscure. In: LEVINE, Robert. (org). *The New Cambridge Companion to Herman Melville.* Nova York: Cambridge University Press, pp. 85-98, 2014.

MARIOTTI, Shannon L. Melville and the Cadaverous Triumphs of Transcendentalism. In: FRANK, Jason. (org.). *A Political Companion to Herman Melville.* Lexington (EUA): The University Press of Kentucky, pp. 162-193, 2013.

MELVILLE, Herman, *Bartleby, o escrevente:* Uma história de Wall Street. Belo Horizonte: Autêntica, 2015.

REED, Naomi. *The Specter of Wall Street:* "Bartleby, the Scrivener" and the Language of Commodities. American Literature, v. 76, n. 2, pp. 247-273, 2004.

THOMPSON, Graham. “Bartleby” and the Magazine Fiction. In: LEVINE, Robert. (org.). *The New Cambridge Companion to Herman Melville*. Nova York: Cambridge University Press, pp. 99-112, 2014.

VILA-MATAS, Enrique. *Bartleby e companhia*. São Paulo: CosacNaify, 2004.

OS ANTÍPODAS DO "HOMEM SUPÉRFLUO"

SOBRE *DIÁRIO DE UM HOMEM SUPÉRFLUO*, DE IVAN TURGUÊNIEV, *O CAPOTE*, DE NIKOLAI GÓGOL, E *PASTORAL AMERICANA*, DE PHILIP ROTH

RENAN SPRINGER DE FREITAS

"DIÁRIO DE UM HOMEM SUPÉRFLUO" é uma novela do russo Ivan Turguêniev, publicada originalmente em 1850. Nela, acompanhamos as memórias de Tchulkatúrin, que, à beira da morte, reflete sobre sua vida curta, sua paixão ingrata pela filha de um aristocrata rural e sobre a conclusão de que teve uma vida inútil, sem sentido.

"O CAPOTE" é um conto do russo Nikolai Gógol (1809-1852), publicado originalmente em 1842. Nele, conhecemos Akaki Akakievitch, um humilde funcionário público que enfrenta cotidianamente a ridicularização por conta, entre outras coisas, de suas roupas sempre carcomidas, especialmente por seu surrado casaco, que luta para conservar até não ser mais possível: ele acaba por adquirir um novo que parece mudar sua vida e sua visão de si até ser roubado e passar a buscar, sem sucesso, ajuda para recuperá-lo.

"PASTORAL AMERICANA" é um romance do americano Philip Roth (1933-2018), publicado em 1997. Conta a história do sonho perdido de vida perfeita de Seymour Levov, apelidado de "O Sueco", pelos olhos do narrador alter ego de Roth, Nathan Zuckerman, que reconstitui sua trajetória. Levov, filho de imigrantes judeus, é um grande atleta na juventude, tudo o que faz parece ser perfeito: ele se casa com uma rainha da beleza, herda a fábrica de luvas da família e a administra de forma progressista, assim como tenta criar a filha, Merry, como um pai compreensivo. Mas tudo se abala após um atentado pelo qual Merry é responsabilizada.

Entre 1824 e 1859 vicejou na literatura russa um tipo de personagem concebido especialmente para exprimir a angustiante experiência de ser "supérfluo", isto é, de viver em um meio no qual não se pode empregar o conhecimento, o talento e as aptidões especiais adquiridos ao longo de toda uma vida (Junqueira, 2018). O "homem supérfluo", como veio a ser denominado esse modelo, pode ser um empreendedor confinado a um meio no qual não encontra espaço para empreender, um ativista que, pela mesma razão, não pode se dedicar à sua causa, um artista impossibilitado de se dedicar à sua arte, ou qualquer profissional relegado à inatividade por não conseguir encontrar espaço, no meio em que vive, para exercer sua profissão.

Após a publicação de "Diário de um homem supérfluo", de Ivan Turguêniev, em 1850, essa condição se estendeu a personagens sem meios de se fazer notar por aqueles a quem atribuíam alguma importância especial. Nesse sentido, o jovem Werther, célebre personagem de Goethe, que sofre em silêncio e se mata por uma mulher que o tinha apenas na conta de um bom amigo e jamais soube de seu sofrimento, pode ser considerado um dos precursores dessa figura.

Mas nem só de "homens supérfluos" viveu a literatura russa no referido período. Em 1842, Gogol publicou seu fabuloso conto "O capote", cujo protagonista, o caricato Akaki Akakiévitch, era exatamente o oposto de um homem supérfluo. E outros antípodas surgiram posteriormente, não só em obras literárias, como era mesmo de se esperar, mas, também, em escritos filosóficos e sociológicos. Assim, em 1851, com a publicação de "A ideologia alemã", foi concebido um antípoda tão caricato quanto Akakiévitch, embora seus criadores, Karl Marx e Friedrich Engels, não o tenham concebido para ser assim considerado. Trata-se de um personagem tão perfeitamente ajustado ao meio em que vive que pode se dedicar à atividade que quiser, quando quiser, da maneira que quiser, sem jamais precisar se prender a qualquer uma em particular. Posto que esse personagem foi muito bem descrito, mas jamais ganhou um nome, vou me permitir chamá-lo "o homem polivalente". Em 1893, com a publicação de "Da divisão do trabalho social", de Émile Durkheim, esse homem polivalente ganhou uma contraface: um personagem igualmente muito bem ajustado ao meio em que vive; não, entretanto, por poder transitar com desenvoltura, e ao bel-prazer, entre as mais diferentes atividades, mas por estar particularmente bem preparado para exercer alguma atividade específica que, em seu meio, ninguém mais seria capaz de exercer. Por falta de melhor nome, chamo-o de "o homem diferenciado". Sendo os referidos personagens a contraface um do outro, eles podem ser considerados as duas faces de um mesmo antípoda. Em 1904, foi a vez de o sociólogo alemão Max Weber conceber mais um antípoda: o hipotético fabricante de tecidos que aparece em seu célebre "A ética protestante e o 'espírito' do capitalismo". Para encerrar essa breve apresentação de antípodas, retorno à literatura, embora não à russa, mas à americana: em 1997, Philip Roth nos presenteou com o arrebatador Seymour Irving Levov, o "Sueco", protagonista de seu romance "Pastoral americana". Sueco pode ser considerado uma síntese dos três antípodas anteriores.

Neste ensaio, desenvolvo um argumento que pode ser exposto nos seguintes termos: do mesmo modo que há tribulações inerentes à condição de homem supérfluo, também há as inerentes à condição de antípoda dele, embora seja possível conceber um antípoda, mas não um homem supérfluo, a salvo das tribulações inerentes à sua condição.

Dentre os antípodas que apresentei ao leitor, um foi concebido assim: aquele que tanto pode tomar a forma de um homem polivalente quanto a de um homem diferenciado. Diferentemente do que ocorre em relação aos personagens de Gógol, de Weber e de Philip Roth, os personagens de Marx e Engels e de Durkheim – respectivamente, o "homem polivalente" e o "homem diferenciado" – foram poupados das tribulações inerentes à sua condição comum, a de antípoda do "homem supérfluo", porque nenhum dos dois foi concebido para ser um mero personagem; ambos foram concebidos para "ganhar vida" na pele de pessoas de carne e osso. Se Sansão, o homem mais forte do mundo, tivesse sido concebido para um dia deixar de ser o eterno herói bíblico que é e viver na pele de um mortal, ele teria que ser concebido a salvo da tribulação de perder toda sua força caso viesse a ter seu cabelo cortado. Pois foi algo dessa natureza o que ocorreu a esse antípoda que pode tanto uma quanto a outra das formas que propus: posto que ele foi concebido para que um dia pudesse se sair bem na pele de pessoas de carne e osso, ele teve que ser pensado a salvo das tribulações inerentes à sua condição específica de antípoda, o que lhe custou a verossimilhança. Nesse sentido, ele nunca foi, propriamente, um personagem, mas um arremedo de personagem, e é justamente nessa condição que ele parece ter "saído" das páginas de "A ideologia alemã" e de "A divisão do trabalho social" para se tornar ubíquo em nosso tempo.

. 1 .

Posto que afirmei que o "homem polivalente" e sua contraface, o "homem diferenciado", não são propriamente personagens, mas arremedos, cumpre-me a tarefa preliminar de explicar o que entendo por isso.

Um personagem propriamente dito só pode existir nas páginas de uma obra literária (o que pode incluir biografias, autobiografias, crônicas jornalísticas, letras de música e histórias em quadrinhos), em encenações teatrais, nas telas dos cinemas, em desenhos, pinturas e esculturas, e, embora seja bem menos frequente, em escritos filosóficos, sociológicos, teológicos ou o que mais possa ocorrer ao leitor. Fausto, por exemplo, é um personagem propriamente dito. Embora não exista "em pessoa", ele tem atributos próprios de pessoas de carne e osso. Como é sabido, no fim da vida ele se tornou um grande visionário. Por outro lado, existem visionários de carne e osso, como o legendário Barão de Mauá, nos quais seria possível reconhecer atributos dignos de um, digamos assim, "verdadeiro Fausto" – refiro-me, basicamente, à irrefreável sede de realização que se tornou característica do personagem de Goethe após a morte de sua amada Gretchen. Mas há um mundo de diferença entre ser um visionário de carne e osso cuja sede de realização parece não ter limites e ser um personagem a quem se possa atribuir essa mesma característica: o personagem, e somente ele, exatamente por só poder existir nas páginas que narram sua saga, pode dar plena vazão à sua sede de realização e de conhecimento sem que, com isso, perca sua verossimilhança. Se ele pudesse "se levantar" dessas páginas para viver na pele de um visionário de carne e osso, teria necessariamente que refrear a sede de realização que lhe é característica, transformando-se, dessa forma, em um arremedo de si mesmo. Por outro lado, como disse, se Fausto já tivesse sido concebido para "se levantar" das páginas do poema que narra a sua saga e "ganhar vida" na pele de pessoas de carne e osso, ele teria que ser poupado, já nessas páginas, das tribulações inerentes à irrefreável sede de realização e de conhecimento a ele característica. Mas um Fausto a salvo dessas tribulações seria, já nas páginas em que foi concebido, um arremedo.

Nesse sentido, a expressão *arremedo de personagem* pode se referir tanto a qualquer pessoa de carne e osso de quem se possa dizer que age como se estivesse "dando vida" a algum personagem propriamente dito, quanto a um personagem concebido a salvo das tribulações inerentes à sua condição, sendo, por essa razão, um arremedo já no próprio momento em que é concebido, quanto ainda a qualquer pessoa de carne e osso de quem se possa dizer que age como se estivesse "dando vida" a algum personagem que já é um arremedo de personagem desde o momento da sua concepção – como é o caso do antípoda que pode tomar tanto a forma de um "homem polivalente" quanto a de um "homem diferenciado". Retorno a esse ponto na Seção 6.

Há, entretanto, personagens que podem "sair" das páginas em que foram concebidos para assumir a forma de pessoas de carne e osso sem que, por causa disso, percam a verossimilhança. Conforme veremos, esse é o caso do hipotético fabricante de tecidos concebido por Weber. Reservei a (breve) Seção 3 para discutir esse caso.

. 2 .

Uma vez cumprida essa tarefa preliminar, posso agora apresentar ao leitor o "homem supérfluo" de quem cada um dos personagens (e dos arremedos de personagem) a que me referi é um antípoda. Conforme já foi dito, a literatura russa produziu uma verdadeira legião desses homens supérfluos entre 1824 e 1859. Aquele que escolhi para ser o anti-herói (digo-o assim porque os heróis são seus quatro antípodas) do presente ensaio chama-se Tchulkatúrin, protagonista e, ao mesmo tempo, narrador de "Diário de um homem supérfluo", a obra de Turguêniev (de 1850) a que já fiz referência. Esse personagem se revela por inteiro, de forma cristalina, na seguinte anotação do referido diário: "Ao longo de toda a minha vida, sempre encontrei meu lugar ocupado, talvez porque não o procurasse onde devia fazê-lo" (p. 18)[1]. Se é esse o homem supérfluo, seu antípoda é, por definição, aquele que sempre encontra o "seu lugar" à sua disposição porque, talvez, sempre o procura

---

1 Todas as citações ao "Diário de um homem supérfluo" são a partir da edição brasileira da Editora 34 (São Paulo, 2018), tradução de Samuel Junqueira. Os trechos sem indicação são todos da novela.

"onde devia fazê-lo". Essa definição mais restrita se aplica aos quatro inversos aqui considerados. No caso específico do antípoda duplo que propus, este não somente encontra o "próprio lugar" à disposição, mas também, digamos assim, o "faz acontecer" quando não o encontra à disposição. Do antípoda criado por Weber se pode dizer que ele não só faz acontecer esse próprio lugar, mas o faz de modo a obrigar outros homens a agirem da mesma forma, sob pena de se tornarem supérfluos e, quando ele próprio, o antípoda, não é bem-sucedido nessa empreitada, arrisca-se a se tornar ele próprio supérfluo. Nessa perspectiva, Weber concebeu um antípoda cuja própria condição de antípoda é reversível: é, em si, um eterno candidato em potencial a homem supérfluo. Quanto ao antípoda concebido por Roth, por ora é suficiente dizer que conta todos os atributos acima mencionados: sabe encontrar o próprio lugar, há momentos em que o faz acontecer, há momentos em que o faz acontecer de modo a obrigar que outros personagens façam o mesmo e sua condição de antípoda é sempre reversível.

Há, entretanto, uma característica de que é dotado somente um dos antípodas, o hipotético fabricante de tecidos: ele é o único a ser concebido apenas para efeitos didáticos. Weber não o imaginou para ter "vida própria", mas apenas para facilitar a exposição de um argumento que, na verdade, poderia ser exposto (ainda que com enorme dificuldade) mesmo sem sua ajuda. Por essa razão, essa figura é o único personagem que poderia ganhar vida na pele de pessoas de carne e osso sem perder a verossimilhança. Inicio, então, por ele, minha peregrinação pelos antípodas.

. 3 .

No segundo capítulo de "A ética protestante e o 'espírito' do capitalismo", Weber nos convida a imaginar um jovem fabricante de tecidos de meados do Século XIX que, avesso aos hábitos tradicionais de seus contemporâneos, decide não esperar passivamente, como era até então usual, que os camponeses lhe trouxessem a matéria-prima (geralmente o linho), nem se sujeita, como era também habitual, ao esquema de venda por encomenda. Ele vai diretamente ao campo e "escolhe cuidadosamente tecelões para empregados, aumenta grandemente o rigor de sua supervisão sobre seu trabalho e transforma-os, assim, de camponeses em operários" (Weber, 1981[1904], pp. 43-44). Da mesma forma, em vez de produzir ao sabor das conveniências de um grupo habitual de fregueses intermediários, como o faziam seus contemporâneos, ele se empenha em chegar diretamente a seus consumidores finais e, principalmente, em ajustar a qualidade de seus produtos às demandas específicas desses consumidores. Em conexão com tudo isto, ele "introduz o princípio dos 'baixos preços' e de 'grande giro'", passando, dessa forma, a ter vantagens sobre os demais fabricantes. Posto esse cenário hipotético, Weber descreve o que aconteceria "caso esse cenário viesse a se efetivar": uma "amarga luta competitiva" se iniciaria, "fortunas respeitáveis" seriam feitas sem que viessem a ser emprestadas à juros, como era usual acontecer, mas para ser "reinvestidas no próprio negócio", e quem não se adaptasse a esse novo modo de vida não teria também como conservar o anterior. De um modo geral, o homem supérfluo é exatamente este: alguém que não se adaptou a um novo modo de vida e não tem como conservar o anterior.

O simples fato de ser avesso aos hábitos tradicionais de seus contemporâneos já faz de nosso hipotético fabricante um seríssimo candidato a homem supérfluo. Weber deixa isso claro ao enfatizar que a entrada em cena do "primeiro inovador" é geralmente acompanhada de um "dilúvio de desconfiança, algumas vezes o ódio e, acima de tudo, de indignação moral" (idem, p. 45). Nessas circunstâncias, continua o autor, é somente em razão de contar com um "caráter de força incomum" que o novo empreendedor pode se salvar de um "naufrágio tanto moral quanto econômico" (idem, ibidem). Pois muito bem: esse que se salva é o antípoda. Seu "caráter de força incomum" lhe permite, às vezes, "fazer acontecer o seu próprio lugar". Aquele a quem, entretanto, acontece de naufragar é um candidato a homem supérfluo. Ele efetivamente se tornará um se, após o naufrágio, não se mostrar mais capaz de ocupar o lugar que ocupava antes disso. Nessa perspectiva, o antípoda do homem supérfluo a nós apresentado por Weber é aquele que triunfa quando se insurge contra os hábitos tradicionais de seus contemporâneos. Não seria de todo abusivo afirmar que a galeria de homens supérfluos que vicejou na literatura russa do Século XIX é constituída, justamente, de homens que queriam se insurgir contra os hábitos tradicionais de seus contemporâneos, mas, nas condições em que se achavam, não tiveram (ou não souberam) como fazê-lo.

. 4 .

Diferentemente desse personagem weberiano, cuja condição de antípoda pode sempre ser revertida, essa condição no homem polivalente e no homem diferenciado é irreversível. Tanto em um caso quanto no outro o caminho a ser percorrido para que um antípoda do homem supérfluo se forme é longo e árduo, mas, uma vez percorrido, não há retorno possível. Nas páginas de "A ideologia alemã", esse longo e árduo caminho é o processo revolucionário que conduz ao fim da divisão do trabalho; nas páginas de "A divisão do trabalho social", é o processo gradual que conduz à multiplicação de especialidades. Apesar de opostos, esses caminhos conduzem a um mesmo antípoda, cujas marcas distintivas são a disposição e a aptidão para eternamente criar seu próprio espaço de atuação social. No primeiro caso, o antípoda o cria ao transitar com desenvoltura entre os mais diversos campos de atividade; no segundo, ao se especializar o tanto quanto lhe for possível fazê-lo para, no limite, tornar-se insubstituível naquele campo específico de atuação em que exerce sua atividade. Consideremos cada personagem separadamente.

No que se refere ao homem polivalente, Marx e Engels o conceberam para que pudesse existir em um momento futuro, após o triunfo do projeto de instauração de uma sociedade na qual as atividades sociais não precisassem mais ser fixadas em esferas específicas de atuação. Em termos mais gerais, para esses autores, enquanto tal não se desse, não seria possível existir um homem tal como aquele descrito em uma das passagens mais conhecidas, mais parafraseadas e, também, mais ridicularizadas, de "A ideologia alemã". Refiro-me, como é do conhecimento de todos com alguma familiaridade com essa obra, ao trecho em que se vislumbra a possibilidade de existir um homem que se dedica "hoje a uma atividade, amanhã à outra", de manhã à pesca, de tarde à caça, de noite à filosofia, sem ser exclusivamente um caçador, um pescador ou um filósofo; de um homem que transita, "ao bel prazer", entre as mais diversas atividades sociais sem que nenhuma delas lhe seja imposta; sem que tenha que optar entre se fixar em alguma ou viver miseravelmente.

Essa "forma Marx e Engels" de conceber um antípoda do homem supérfluo inicia sua metamorfose para o homem diferenciado, a "forma Durkheim", a partir de uma pergunta que se impõe aos primeiros e para a qual os mesmos nunca se mostraram capazes de oferecer uma boa resposta:

por que transitar entre várias atividades é preferível a se dedicar em profundidade a uma só? É verdade que existem atividades tão mecânicas e insalubres que passar uma vida inteira dedicando-se somente a elas pode significar abrir mão até da própria condição de ser humano. Mas, para Marx, não era para socializar esse sacrifício que o trânsito entre atividades teria necessariamente que existir. Por que seria, então? Qualquer que seja a resposta, o fato é que o autor supunha que um homem só poderia estar verdadeiramente à altura de suas potencialidades se pudesse transitar livremente entre as mais diferentes ocupações ou tarefas; para ele, fixar-se no exercício de uma mesma lida seria uma espécie de automutilação. Há algo de errado, entretanto, com essa suposição: nem sempre o que um observador externo imagina ser "fixar-se em uma mesma atividade" o é de fato, posto que nem tudo que esse mesmo observador imagina ser uma "mesma atividade" é assim considerado por quem efetivamente a exerce, como também não o é o que por muitos pode ser considerado uma atividade "mecânica", "repetitiva", "rotineira", "entediante" etc. Um exemplo anedótico ajuda a esclarecer: lembro-me de ter ouvido certa vez, ao assistir um programa de televisão, um conhecido ator de teatro mencionar o fato de estar com uma mesma peça em cartaz por mais de uma década. Um interlocutor perguntou-lhe, então, como ele conseguia fazer por tanto tempo, todos os dias, a "mesma coisa". O ator, com indisfarçável irritação, respondeu que nunca fazia a "mesma coisa", que cada dia era um "espetáculo diferente" etc. etc. Por mais anedótica que possa parecer essa reação, ela chama atenção para o fato de que o ato de "fixar-se" em uma esfera específica de atuação não implica, necessariamente, condenar-se a "fazer sempre a mesma coisa".

. 5 .

Isso remete diretamente ao caricato Akaki Akakiévitch, o antípoda do homem supérfluo surgido nas páginas de "O capote":

> Dificilmente se encontraria um homem tão fundamente apegado a seu emprego como Akaki Akakiévitch. Trabalhava com zelo; não, é dizer pouco: trabalhava era com amor. *Aquele eterno transcrever parecia-lhe um mundo só dele, sempre agradável, sempre novo*. O prazer colhido refletia-se sobre suas feições, e quando chegava então às caligrafias das letras, suas favoritas, não parecia mais o mesmo, sorrindo, piscando,

remexendo com a boca como para se ajudar na tarefa, de tal modo que se podia ler no seu rosto cada letra que a pena lhe traçava. Fosse o seu zelo recompensado de maneira devida, e ele teria sem dúvida chegado, não sem surpresa sua, ao título de conselheiro de Estado; mas outra coisa não obtivera, para usar a expressão de seus jocosos colegas, senão uma medalha de latão na lapela e hemorroidas no fundo das calças. De qualquer modo, seria exagerado pretender também que não lhe tivessem nunca mostrado a mais ínfima atenção. Desejoso de recompensar seu longo tempo de serviço, um bravo diretor confiou-lhe um dia uma missão mais importante que seus trabalhos habituais de cópia. Tratava-se de extrair de um memorial já terminado um relatório destinado a uma outra administração, consistindo todo o trabalho na mudança do título geral e na transposição de alguns verbos da primeira para a terceira pessoa. O serviço lhe pareceu tão árduo que o infeliz, lavado em suor, coçou a testa e acabou por dizer: "Não, decididamente, é melhor que o senhor me dê qualquer coisa para copiar" (G, p. 53, grifos nossos)[2]

---

2 Todas as citações a "O capote" são a partir da edição brasileira de "O capote e outras histórias" da editora 34 (São Paulo, [1842]2010). Nas citações usarei como referência apenas G e a página.

O antípoda do homem supérfluo, do homem sempre "sem lugar", que Gógol nos oferece nessas linhas, está contido, por inteiro, nessa curtíssima e sarcástica frase: "Aquele eterno transcrever parecia-lhe um mundo só dele, sempre agradável, sempre novo". Com efeito, um homem supérfluo pode ter educação refinada, habilidades invejáveis, talentos raros, dinheiro, mas nada disso lhe assegura "o mundo sempre agradável e sempre novo" que Akaki Akakiévitch, o personagem de Gógol, sempre teve para si, ou pelo menos sempre supôs ter para si, mesmo não tendo todo o restante. E, ao contrário de tudo o que Marx apregoa, mas não Durkheim, o tinha para si exatamente por se fixar em uma única atividade. Para Durkheim, como sabemos, o ato de fixar-se em alguma atividade era a marca de um tempo que, então, se iniciava e que, para o bem ou para o mal, ou, melhor dizendo, somente para o bem, era um caminho sem volta. Fixar-se em uma única atividade, desde que se pudesse fazer dela um "mundo sempre novo" era, ao fim e ao cabo, o caminho que Durkheim supunha ser necessário a cada um percorrer não apenas para alcançar a plena realização pessoal, mas, também, para viabilizar a realização pessoal alheia. Como, evidentemente, Akaki Akakiévitch não percorreu esse caminho, ainda que pudesse supor que o tivesse feito, ele se sujeitou a certas tribulações.

A principal delas é, em termos muito crus, a de mal ser reconhecido como um ser humano pelos circundantes, conforme mostram a passagem que já reproduzi e a que reproduzirei adiante. Outros antípodas (o Sueco, por exemplo, a quem me dedico na Seção 7) não estão sujeitos a essa tribulação, longe disso, mas estão sujeitos a outras, de outra natureza. Entretanto, nem Marx e Engels nem Durkheim poderiam admitir que a atividade exercida por um verdadeiro antípoda de um homem supérfluo pudesse ser uma fonte de adversidades; as únicas que eles poderiam admitir para um ser humano são aquelas a que cada um se sujeita pelo simples fato de estar vivo, tais como, por exemplo, a decepção amorosa ou alguma enfermidade grave e sem cura. Na medida em que a atividade exercida por Akaki Akakiévitch o expõe à tribulação acima mencionada, Marx jamais poderia considerá-lo um, digamos assim, "antípoda genuíno" do "bem nascido", mas "mal adaptado", Tchulkatúrin, o homem supérfluo, porque, se este último padecia por nunca encontrar desimpedido o lugar que supunha ser o seu, a Akaki Akakiévitch, seu inverso, só não acontecia o mesmo porque este equivocadamente supunha ter encontrado o "seu lugar" no exercício de uma atividade que não está à altura das potencialidades de um verdadeiro ser humano. Para Marx, o fato de esse pobre diabo – cuja única ambição na vida era acumular dinheiro o suficiente para poder pagar, a um alfaiate confiável, a confecção de um capote que lhe pudesse proteger do inverno russo – não mostrar qualquer interesse em se tornar o homem polivalente tal como o descrito em "A ideologia alemã" seria um mero indicador da "percepção deformada" de todo pobre diabo a respeito de si próprio e da natureza da atividade que exerce. Nesse sentido, Marx diria que não obstante o fato de Akaki Akakiévitch ser um antípoda do homem supérfluo, uma vez que, em diametral oposição a este último, nunca encontrou "ocupado" o lugar que presumia estar sempre à sua disposição (o de um funcionário chinfrim de uma repartição pública chinfrim), ele não é, conforme já foi dito, um antípoda que pudesse ser considerado "genuíno" porque o único inverso que verdadeiramente não carrega em si qualquer vestígio de um homem supérfluo é aquele que, como o personagem que ele próprio concebeu, jamais terá uma percepção deformada a respeito de si próprio nem do mundo que o cerca e, portanto, jamais poderá estar sujeito à tribulação de não ter seu trabalho devidamente reconhecido, esplendidamente descrita por Gógol nos seguintes termos: "[M]as outra coisa não obtivera (...) senão uma medalha de latão na lapela e hemorroidas no fundo das calças".

Quanto a Durkheim, esse também não poderia conceber um antípoda do homem supérfluo sujeito a uma tribulação dessa natureza. Para ele tanto quanto para Marx um antípoda genuíno não poderia exercer sua atividade nas condições em que Akaki Akakiévitch a exercia. No conto de Gógol essas condições são descritas nos seguintes termos:

> No departamento não havia quem lhe testemunhasse a menor consideração. Longe de se levantarem quando passava, os contínuos davam-lhe tanta atenção quanto a uma mosca voando. Os superiores tratavam-no com uma frieza despótica. Qualquer novo subchefe deitava-lhe a papelada sob o nariz sem dar-se sequer ao trabalho de dizer: "Podia, por obséquio, me copiar isso", ou: "Aqui tem um bom processozinho", ou qualquer fórmula agradável como é costume entre burocratas bem-educados. (...) Os colegas mais moços faziam a seu respeito tantas piadas quantas lhes permitia o espírito administrativo (G, p. 52).

Durkheim, entretanto, não veria esse pobre diabo com os mesmos olhos de Marx. Para ele, o fato de um homem se fixar em uma única atividade, mesmo quando a exerce nas condições acima descritas, não faz dele um homem irremediavelmente enganado a respeito de si próprio nem do mundo que o cerca e, mesmo que o fizesse, isso seria irrelevante porque, para ele, qualquer autopercepção, seja ela "deformada" ou não, é irrelevante. Com ou sem "percepção deformada", o homem que não quer se ver privado do "próprio lugar", que não quer encontrá-lo já "ocupado", como aconteceu ao atormentado Tchulkatúrin, precisa encontrar condições para exercer a própria atividade, por mais especializada que seja, não só de forma a satisfazer a si próprio, mas, também, de forma a torná-la imprescindível para os circundantes. Recordemo-nos de que Gógol concebeu seu antípoda ao escrever: "Aquele eterno transcrever parecia-lhe um mundo só dele, sempre agradável, sempre novo". Para Marx, conforme vimos, o "eterno transcrever", na medida em que implica a fixação da atividade humana em uma esfera específica de atuação social, é aviltante. Para Durkheim, entretanto, não o seria. Se Durkheim se pusesse a escrever uma obra literária, cujo protagonista se chamasse, digamos, "Emílio", ele bem poderia conceber um antípoda do homem supérfluo reescrevendo a frase de Gógol nos seguintes termos: "Ao se mostrar capaz de fazer da atividade a que eternamente se dedica um mundo exclusivamente dele, agradável, e sempre novo, Emílio torna essa atividade imprescindível para que outros mundos igualmente exclusivos, igualmente agradáveis, e igualmente 'sempre novos', possam ser feitos da mesma forma". Nota-se que um personagem concebido dessa maneira não é propriamente um personagem, mas a projeção de um modo generalizado de proceder – "o diferenciar-se" – supostamente capaz de assegurar uma vida "mais plena" para todos.

. 6 .

Apesar do caráter manifestamente caricatural do personagem concebido por Gógol, ele (o personagem) não soa, de modo algum, falso. Por que não? A resposta me parece muito simples: porque o autor deliberadamente o fez caricato; o fez um pobre diabo tão caricaturalmente "adaptado" a seu próprio meio que quando certa vez lhe foi aberta a possibilidade de executar uma tarefa mais condizente com quem tem cérebro, a de transpor "alguns verbos da primeira para a terceira pessoa", essa lhe pareceu "tão árdua" que "o infeliz, lavado em suor, coçou a testa e acabou por dizer: 'Não, decididamente, é melhor que o senhor me dê qualquer coisa para copiar'". Se em vez de conceber seu personagem nesse tom satírico, ele o tivesse pensado como um modelo de disciplina, perseverança e consciência dos próprios limites cognitivos, como um exemplo de profissional concentrado em seu próprio trabalho a ponto de não se deixar perturbar pelos comentários desabonadores que abertamente faziam sobre ele – atributos facilmente reconhecíveis nesse personagem, se, em resumo, Gógol o tivesse construído como um homem a salvo das tribulações a que se sujeita um antípoda do homem supérfluo, ele certamente o teria transformado em um embuste, em um arremedo de personagem, suficientemente inverossímil para parecer "ter saído" das páginas de "O capote" e tomado a forma humana. Afinal, quem de nós nunca foi apresentado, seja pessoalmente, pelas redes sociais, por algum programa de televisão ou pelo próprio espelho a algum "modelo de superação", a algum "exemplo de disciplina, perseverança e consciência dos próprios limites" em pessoa? O escritor russo decididamente soube poupar seu pobre diabo do vexame de ser um personagem em quem certas pessoas de carne e osso pudessem parecer ter se inspirado.

Algo análogo, entretanto, não pode ser dito de Marx e Engels nem de Durkheim. Se os primeiros pudessem retratar, em um tom satírico, o homem polivalente que conceberam, este poderia ter se tornado um personagem mais verossímil, inacessível a quem não lesse diretamente "A ideologia alemã", e não esse arremedo de personagem que às vezes parece "ganhar vida" em pessoas de carne e osso. Eu próprio conheci pessoalmente um professor de filosofia que transitava com desenvoltura da atividade intelectual para a manual ao se dedicar, por exemplo, ao conserto de óculos (consertou os meus, aliás) e à pintura de paredes, sem falar em um tio ainda vivo, nonagenário, que, ao gosto de Marx e Engels, aplica injeção na veia sem ser enfermeiro, imobiliza com perfeição as pernas de bezerros caídos em mata-burros sem ser veterinário, faz instalação elétrica sem ser eletricista, transformou um belo sobrado situado em uma área nobre de Diamantina (MG) em um hotel sem ser empresário do setor hoteleiro e, para coroar tudo isso, foi um bem-sucedido prefeito de uma cidade do interior de Minas Gerais no remoto ano de 1965 sem jamais ter feito antes uma carreira política.

O que foi dito do homem polivalente pode ser dito, sem alteração, do homem diferenciado. Se Durkheim pudesse ter concebido esse, digamos assim, "homem cujo conhecimento especializado lhe permite se diferenciar, criando, com isso, seu próprio espaço de atuação de modo a abrir espaço para que outros façam o mesmo", em um tom satírico, como o fez Philip Roth ao conceber seu próprio homem diferenciado, do qual, como prometido, me ocupo adiante, ele certamente o teria tornado mais verossímil, mas, ao mesmo tempo, teria lhe tirado a chance de "se levantar" das páginas de "A divisão do trabalho social" para se tornar ubíquo.

Com efeito, o homem diferenciado concebido por Durkheim tornou-se tão ubíquo que podemos nos deparar com pessoas que parecem tê-lo encarnado até mesmo ao assistir um desses enfadonhos programas esportivos de televisão. Antes de apresentá-lo ao leitor devo advertir que, nesse caso, o que se "diferencia" não é propriamente uma pessoa de carne e osso, mas uma função. Feita a advertência, digo prontamente o nome do antípoda do homem supérfluo a que fui apresentado ao assistir a um desses programas: o ponta esquerda que atua como um terceiro homem de meio de campo. Deparei-me com esse curioso antípoda ao ouvir um impressionante depoimento de um conhecido ex-jogador de futebol. Ele relatou que sua posição de origem era "ponta de lança", o "camisa 10", mas, como havia muitos bons jogadores nessa posição no Brasil em sua época (meados dos anos de 1950), ele passou a jogar na "ponta esquerda", o "camisa 11", posição que não conferia tanto prestígio, mas era menos concorrida. Acontece, entretanto, que ele não conseguia ser um ponta esquerda como os outros porque não era veloz nem tinha a habilidade para o drible usualmente esperada de um jogador nessa posição. Só lhe restou, então, uma saída: atuar de uma forma como nenhum ponta esquerda havia feito até então, como um "terceiro homem de meio de campo". Ao fazê-lo, inventou essa figura até hoje conhecida como "o ponta esquerda que atua como um terceiro homem de meio de campo".

Durkheim certamente gostaria de ter ouvido esse depoimento, uma vez que o mesmo ilustra exemplarmente sua tese de que vivemos um tempo em que a diferenciação por meio da especialização é a nossa via de acesso ao "nosso próprio lugar". Se recapitularmos que o homem supérfluo é aquele que "ao longo de toda a vida sempre encontra seu lugar ocupado, talvez por não o procurar onde devia fazê-lo", fica nítida a feição durkheimiana do antípoda do homem supérfluo que se manifesta no depoimento de nosso futebolista. Ele soube, como poucos, procurar seu lugar onde devia fazê-lo: na ponta esquerda, atuando como um "terceiro homem de meio de campo", o que quer que isso pudesse significar em sua época.

Mas, se é assim, o que justifica chamar de arremedo de personagem esse antípoda que parece ter saído das páginas de "A divisão do trabalho social" para "ganhar vida" em um depoimento de um jogador de futebol? O que há de inverossímil em relação a ele? Haverá alguma mentira no depoimento? De modo algum! A inverossimilhança reside na própria presunção de que há algum interesse especial em saber por que esse ou aquele jogador veio a jogar nessa ou naquela posição. Na verdade, é muito comum um jogador iniciar a carreira atuando em alguma posição e depois mudar para uma outra na qual se adapte melhor. Isso, em si, não interessa a ninguém, a menos que o jogador se torne um grande vencedor. Nesse caso, qualquer detalhe de sua vida como jogador, ou mesmo pessoal, pode se tornar objeto de interesse público. Nessa perspectiva, para que um "ponta esquerda que atua como um terceiro homem de meio de campo" seja mesmo um personagem, ele teria que ir para as páginas de um livro como um grande campeão. Não necessariamente uma obra ficcional. Poderia ser uma biografia, ou, mesmo, uma autobiografia. Da mesma forma que nas telas dos cinemas um elefante pode voar sem se tornar inverossímil, lá, nas páginas do livro, desde que se saiba contar a história de como um "ponta esquerda que atua como um terceiro homem do meio de campo" se tornou um grande vitorioso, esse personagem pode brilhar, mas, se nas próprias páginas em que foi concebido, ele for poupado das tribulações inerentes à sua condição de ponta "sem velocidade" e sem "habilidade para o drible", ele só poderá parecer verossímil se for concebido em um tom satírico, tal como exemplarmente fez Philip Roth, em "Pastoral americana", ao conceber seu próprio grande vencedor.

. 7 .

O tom satírico no qual Philip Roth concebeu seu grande vitorioso: Seymour Irving Levov, filho do mais próspero fabricante de luvas de Newark, Nova Jersey, na década de 1940, transparece no comentário de que esse personagem era alguém que parecia ter "abolido do mundo tudo o que não caísse bem nele – não apenas a falsidade, a violência, o escárnio, a crueldade, mas tudo o que fosse remotamente áspero e grosseiro, qualquer ameaça da contingência, esse terrível arauto do desamparo" (Roth, 2018, p. 49). Com efeito, já aos 17 anos, "Seymour brilhava como ponta no futebol americano, meio de campo no basquete e primeira base no beisebol" (idem, p. 11). Sua compleição física invejável, seus cabelos loiros, seus olhos azuis e sua elevada estatura valeram-lhe o cognome "Sueco". O leitor de "Pastoral americana" é apresentado a esse personagem por meio da narração de

Nathan Zuckerman, um personagem "seis ou sete anos mais novo" que o protagonista, que o admirava à distância quando era criança e o via brilhar nas quadras esportivas do bairro em que residiam. Com o passar dos anos, Newark tornou-se pequena para ambos e cada qual seguiu seu caminho. Já adulto, em idade avançada, tendo se tornado um escritor, Zuckerman tem um breve encontro com Sueco em um restaurante de Nova York, após ter passado décadas sem ter dele qualquer notícia e, algum tempo depois, por uma triste coincidência, toma conhecimento de que ele tinha morrido ao se encontrar casualmente com seu irmão, a quem também já não via havia décadas. Decide, então, escrever sobre seu herói da infância, valendo-se, para tanto, das informações oferecidas pelo irmão.

Em "Diário de um homem supérfluo", Tchulkatúrin, o protagonista/narrador, consegue o prodígio de contar uma história sobre si mesmo na qual ele próprio não desempenha qualquer papel, uma vez que sua presença mal é notada pelos personagens que se tornam relevantes na história (a começar pela jovem por quem se apaixona). Nada parece mais diametralmente oposto a esse quadro do que esta passagem do relato de Zuckerman a respeito do modo como o Sueco já era o centro das atenções no bairro em que moravam mesmo antes de atingir a maioridade:

> Sim, para onde quer que ele olhasse, as pessoas o amavam. Os proprietários da loja de doces que nós, meninos, vivíamos infernizando, só nos diziam "Ei-você-cai-fora" ou "Moleque-para-com-isso!"; mas a ele chamavam respeitosamente "Sueco". Os pais sorriam e, com benevolência, dirigiam-se a ele como "Seymour". As meninas tagarelas chegavam a desmaiar ostensivamente quando passavam por ele na rua, e as mais corajosas gritavam às suas costas: "Volte, volte, Levov do meu coração!" (R, p. 13)[3].

Está claro que esse personagem não é um antípoda do homem supérfluo no mesmo sentido em que o é Akaki Akakiévitch, o personagem de Gógol. Mas ele tem algo desse último: sua obstinada paixão pela atividade de fuzileiro naval, que deixou de exercer contra a vontade. Na verdade, Sueco Levov é um antípoda do homem supérfluo em tantos sentidos que fica até difícil saber por onde começar. Talvez pudesse fazê-lo pelas peles de cabrito. Seymour Levov, o Sueco, sabia, como poucos, esticar e cortar a pele desse animal. Essa informação só soa anedótica para quem nada entende de fabricação de luvas de couro nem de

3 Todas as citações a "Pastoral americana" são a partir da edição brasileira da editora Companhia das Letras (São Paulo, 2018). Nas citações usarei como referências apenas R e a página).

pele de cabritos – a quem não teve a oportunidade de aprender, como aconteceu ao Sueco quando era ainda criança, qual é a "operação crucial" na preparação das peles. Pois, mesmo antes de ele aprender a ler, seu pai, proprietário da fábrica de luvas Artigo de Couros para Senhoras Newark, já testava os conhecimentos do filho fazendo-lhe perguntas. Uma vez perguntou-lhe: "Qual é a operação crucial na preparação das peles?". Ouviu a resposta: "O esticamento". E retrucou: Certo, nunca esqueça isso. Nesse trabalho a décima sexta parte de uma polegada faz a maior diferença do mundo. Esticar! Esticar direito garante cem por cento do acerto" (idem, p. 259). Quando, entretanto, a pele a ser esticada é a do cabrito, a tarefa requer um conhecimento ainda mais especializado, pois, agora, um problema adicional, e de fundamental importância, se coloca: o de cortar a pele corretamente, pois, como o próprio pai do Sueco explicou ao filho em outra ocasião, "[a] coisa mais difícil de cortar direito no mundo é uma pele de cabrito" (idem, p. 256). Essa tarefa é tão especializada que na Artigo de Couros para Senhoras Newark era confiada a um único homem, um imigrante italiano que trabalhava para o pai do Sueco. Não sei dizer se para esse italiano o "eterno cortar de peles de cabrito" era, como o era para o personagem de Gógol, um "mundo sempre novo", mas, qualquer que pudesse ser a resposta, o pai de Sueco o tinha na conta de "um gênio e de um artista". Retorno a essa referência laudatória oportunamente porque ela é muito importante para o argumento que desenvolvo aqui.

Por ora, devo dizer que as peles de cabrito são só o começo. Para além de todo o conhecimento especializado que tinha a respeito das "operações cruciais na preparação de peles", como também do trabalho de curtir esses insumos feitos nos curtumes e do tipo de costura a ser feita ao confeccionar uma luva e, para além de ter sido, conforme já dito, um exímio jogador de basquete, de futebol americano e de beisebol, Sueco foi também um exímio fuzileiro naval, um exímio instrutor de educação física e, em idade mais madura, um exímio homem de negócios. Nessa condição, revelou-se um antípoda muito parecido com o hipotético fabricante de tecidos concebido por Weber, conforme fica claro na seguinte passagem, cujo "narrador", agora, é o irmão do Sueco:

> Na Artigo de Couros para Senhoras Newark, ele foi um sucesso absoluto, inequívoco. Com seu encanto, conseguia fazer muita gente dar tudo de si para a fábrica. Um homem de negócios muito hábil. Sabia como cortar uma luva, sabia como costurar um negócio. Tinha influência na Sétima Avenida junto ao pessoal da moda. Os

> estilistas de lá contavam tudo para ele. Era assim que ele sempre ficava em dia com a moda. Em Nova York, ele vivia visitando as lojas de departamento, comprando os produtos dos concorrentes, procurando alguma coisa diferente nos produtos dos outros, vivia nas lojas espiando o couro, testando a flexibilidade das luvas, fazendo tudo do jeito que meu pai lhe havia ensinado. Ele mesmo fazia a maior parte das vendas. Negociava em pessoa com todos os principais clientes. (...) Sabia tudo: quais as cores que iam predominar na estação seguinte, se o comprimento ia subir ou baixar (R, p. 83).

Se pudesse resumir em uma frase o modo como cada um dos antípodas anteriormente considerados encontra "seu lugar" no mundo, ou faz seu lugar "acontecer", diria que o de Gógol o faz fixando-se obstinadamente em uma só atividade, o de Marx e Engels e Durkheim o faz criando sua própria esfera de atuação, seja transitando entre diferentes atividades, seja se especializando, e o de Weber o faz desafiando modos habituais de se mover em esferas específicas de atuação. Pois o de Philip Roth faz tudo isso e mais alguma coisa. A última citação ilustra um modo de efetuar o desafio a hábitos estabelecidos bastante similar ao modo utilizado pelo hipotético fabricante de tecidos inventado por Weber: em ambos os casos, o empreendedor "faz seu lugar acontecer", dispensando intermediários na compra da matéria prima e na venda do produto final. Mas há um modo de "fazer o próprio lugar acontecer" exclusivo do Sueco. Mais uma vez, é o próprio irmão quem relata:

> Quando as compradoras eram mulheres, ficavam malucas por Seymour. (...) Na época do Natal, elas enviavam para o meu irmão os ingressos de teatro e a caixa de uísque, em vez de ser o contrário. Seymour sabia como ganhar a confiança dessa gente simplesmente sendo ele mesmo. Descobria qual era o tipo de caridade favorito de um cliente, comprava um ingresso para o jantar anual no Walforf-Astoria, aparecia vestindo um smoking, que nem um astro do cinema, e sob a luz dos refletores fazia um donativo para o câncer, a distrofia muscular, o que fosse (...) e logo em seguida a Artigos de Couro para Senhoras Newark tinha um novo cliente (R, p. 83).

Não obstante todo esse resplendor, que "parecia sempre triunfar", Sueco não é um arremedo de personagem, é um personagem propriamente dito. Como tal, ele é uma primorosa síntese de todos os antípodas aqui considerados e, em sendo assim, não lhe poderia faltar um atributo comum aos antípodas verossímeis: não lhe era dado abolir do mundo toda a ameaça de contingência; não lhe era dado exercer uma atividade que estivesse sempre a salvo de tribulações, especialmente da tribulação de ver a própria condição de antípoda revertida para a de homem supérfluo. Recapitulemos, por um momento, o cortador de peles de cabrito a quem o pai de Sueco se referiu, uma vez, como "gênio" e "artista". Desde quando, fora das páginas de uma obra literária, a habilidade de cortar peles de cabrito faz de alguém um gênio e um artista? Nas páginas de "Pastoral americana", o tom satírico de Roth, tal como transparece na narração do modo como esse gênio entra em cena, garante a verossimilhança da referência laudatória. Eis a narração:

> Foi em uma cozinha pequena, a menos de oitocentos metros de onde o Sueco se achava agora de pé, que o garoto vira um par de luvas cortado pelo mais velho dos artesãos napolitanos. Ele achava que era capaz de lembrar de ter ficado no colo do pai (...) diante de um cortador que diziam ter cem anos de idade e que teria feito luvas para a rainha (R, p. 256).

Pois, do colo do pai, Sueco pode ter ouvido o seguinte:

> Olhe só para ele, Seymour. Está vendo como a pele é pequena? A coisa mais difícil de cortar no mundo é uma pele de cabrito. Porque é muito

> pequena. Mas olhe só como ele faz. Você está diante de um gênio e de um artista. O cortador italiano, meu filho, se julga sempre mais artístico. E este aqui é o mestre de todos eles (R, p. 256).

Vejam o modo como o cortador de peles que é "um gênio" e "um artista" é apresentado ao leitor: como uma vaga lembrança de uma criança de colo; como "um cortador" de "quem se dizia" que "tinha mais de cem anos de idade e que teria feito luvas para a rainha da Itália", e como um "mestre" tanto na arte de cortar peles quanto na de se julgar superior aos outros. Por que Marx não usou um tom análogo para falar da fortuna que é poder ser um homem polivalente? Por que Durkheim não usou esse tom para falar dos benefícios a serem esperados de uma crescente especialização? Não o fizeram, evidentemente, porque acreditavam respectivamente na fortuna que é poder ser um homem polivalente e na fortuna que é poder se especializar. Eles levavam a sério os personagens que concebiam. Muitas vezes, entretanto, a verossimilhança de um personagem reside exatamente em não ser levado a sério por quem o concebe. O que seria, por exemplo, do mais destacado cortador de peles de cabrito do mundo se fosse levado a sério por quem o concebeu? O que seria dele fora do tom satírico por meio do qual foi concebido nas páginas de "Pastoral americana"? Não me parece difícil responder: ele seria um arremedo de personagem. Mas, de que personagem ele seria o arremedo? Certamente não seria desse concebido pelo próprio Roth, uma vez que, nas páginas de "Pastoral americana", a verossimilhança desse personagem reside no fato de até sua própria existência ser duvidosa. De que personagem ele seria um arremedo, então? Mais uma vez, não é difícil responder: se fora das páginas de "Pastoral americana" o cortador de peles concebido por Roth não poderia se tornar um arremedo de si mesmo, ele poderia, entretanto, se tornar o arremedo de alguém já concebido para deixar de ser personagem e assumir a forma de qualquer função, inclusive a de cortador de peles de cabrito. Mas será que existe algum personagem com essa característica? Um personagem propriamente dito, não, mas, na falta de um, existe o homem diferenciado, esse arremedo já concebido para "se levantar" das páginas de "A divisão do trabalho social" e se tornar ubíquo. Nesse sentido, fora das páginas da "Pastoral" de Roth, o triste destino do mestre dos mestres na arte de cortar peles de cabrito seria se tornar um arremedo do "homem diferenciado", esse personagem que já é, em si, um arremedo de personagem.

Suponhamos, agora, um outro cenário: uma situação em que, por qualquer que seja a razão, todo o conhecimento especializado a respeito de como cortar e esticar peles de cabrito venha a se tornar irrelevante. O que é feito de todo gênio e de todo artista que se dedica a esse ofício quando isso acontece? Mais uma vez não é difícil responder: ele se torna supérfluo. Pois foi o que, por outras razões, acabou por acontecer ao nosso querido Sueco. Ele mesmo relatou a seu admirador de longa data, no referido encontro em Nova York, que todo seu conhecimento sobre confecção de luvas já não "servia para mais nada". Não sendo um antípoda inverossímil, nunca esteve a salvo da tribulação de ver todo o conhecimento especializado que tinha a respeito de confecção de luvas tornar-se inútil. Isso aparece com clareza no momento em que ele diz que o negócio de luvas passou a ser movido por pessoas que sequer sabiam "distinguir uma *fourchette* de um polegar" (idem, p. 38). O leitor provavelmente não sabe o que é *fourchette*, mas, como esse conhecimento tornou-se supérfluo, não vou me dar ao trabalho de explicar. Vou me limitar a mencionar que o Sueco teve que se sujeitar à tribulação de viver em um meio no qual as decisões mais importantes sobre fabricação de luvas passaram a ser tomadas por pessoas que sequer sabiam o que era *fourchette*.

. 8 .

Concluirei mencionando algo tão trivial que talvez nem precisasse ser mencionado: lugar de personagem é nas páginas em que foi concebido. Quando "saem" dessas páginas sem que seja para ganhar os palcos dos teatros ou as telas dos cinemas, ou para serem representados pictoricamente ou por meio de esculturas, tornam-se arremedos de si mesmos. Não é difícil demonstrar isso. Ninguém vai ler em um necrológio, ou ouvir em um discurso proferido em homenagem a alguém a quem tenha sido conferido um título honorífico, que o homenageado é a encarnação de algum personagem em especial, por melhor que seja a imagem pública desse personagem. Há de se admitir que vez por outra pessoas de carne e osso são equiparadas a personagens. Entretanto, quando isso ocorre, é geralmente com o objetivo de satirizar a pessoa de quem se fala, nunca elogiar. Lembro-me, por exemplo, de um colega que mencionou, entre risos, um parente distante cuja conduta o fazia lembrar de um certo personagem de Kafka que parecia ser capaz de passar anos a fio esperando por algo que jamais aconteceria.

Na verdade, personagens não são concebidos para serem equiparados a pessoas de carne e osso. Eles podem ser concebidos para fins didáticos, como o fez Weber, para ajudar-nos a refletir sobre a nossa própria condição, como o fazem os grandes escritores, para simplesmente contar uma história, como o fazem, segundo dizem, os não tão grandes, ou para o que quer que seja, exceto para projetar um modo de atuar socialmente capaz de erguer as pessoas de carne e osso à altura de suas supostamente "verdadeiras" potencialidades. Uma projeção dessa natureza só soaria verossímil se fosse feita como uma sátira em um romance distópico. Fora das páginas desse tipo, não há como esperar que soe verossímil um personagem deliberadamente concebido para "ganhar vida" em pessoas de carne e osso. Gepetto só pôde fazer seu boneco de madeira com a expectativa de que o mesmo viesse a se tornar um menino de verdade porque ele próprio não foi concebido para se transformar em um carpinteiro de verdade. Mas, se até um boneco de madeira que se transforma em menino de verdade pode ser concebido sem parecer inverossímil, por que um homem que cria seu espaço de atuação social transitando com êxito entre as mais díspares atividades ou um que o faz fixando-se em uma esfera específica de atividade não o podem? Na verdade, ambos podem.

O Sueco é uma excelente prova disso. Mas não o seria se tivesse sido concebido para que um dia pudesse ganhar vida na pele de um homem de carne e osso.

Para finalizar, quero mencionar que já tive a oportunidade de testemunhar alguém comparar uma pessoa de carne e osso a um personagem sem que o fizesse de forma satírica. A cena é a de um documentário sobre Mário Lago – um homem polivalente que, entre outros talentos, escrevia letras de música. Para quem porventura é jovem demais para não saber de quem se trata, ele é o autor da letra de um grande sucesso de outrora, "Amélia", aquela que "não tinha a menor vaidade" e "era mulher de verdade". Amélia era também, à sua maneira, uma antípoda do homem supérfluo. Pois muito bem: Mário Lago deu um depoimento ao lado da esposa, cujo nome desconheço, e que permaneceu todo o tempo em silêncio. Com o microfone diante da boca, ele pôs-se a elogiá-la. Entre um elogio e outro, apontou carinhosamente para ela e disse: "Esta é uma verdadeira Amélia". Um arremedo de personagem acabara de ser concebido ali. Não sei dizer se esse arremedo de Amélia que acabara de "se levantar" da referida letra de música se tornou ubíquo em certos círculos sociais. Seja como for, assim são os arremedos de personagem. Podem surgir da forma mais inesperada. Alguns se tornam mais ubíquos do que outros. Para minha felicidade, o espaço que me foi concedido para escrever este ensaio está se acabando e, com isso, posso me eximir da tarefa de elaborar alguma "teoria" por meio da qual se possa explicar por que certos arremedos de personagem se tornam mais ubíquos do que outros. Tenho, entretanto, um palpite: imagino que quanto mais se puder dizer de um determinado personagem, ou, melhor dizendo, de um arremedo de um, que ele está a salvo das tribulações inerentes à sua condição, mais inverossímil ele será e, paradoxalmente, por isso mesmo, maiores serão as chances de nos depararmos com pessoas de carne e osso que parecem estar "dando vida" a ele. Por outro lado, os personagens verossímeis, seja um pobre diabo como o impagável Akaki Akakiévitch, seja essa quintessência de homem bem-sucedido que um dia foi o arrebatador Sueco, exatamente por não terem sido concebidos a salvo das referidas tribulações, não teriam como se sair bem na pele de pessoas de carne e osso e, por essa razão, estão condenados a permanecer nas páginas em que foram concebidos.

REFERÊNCIAS

DURKHEIM, Émile. *Da divisão do trabalho social*. São Paulo: Martins Fontes, 1995[1893].

JUNQUEIRA, Samuel. Posfácio: O trágico destino dos melhores homens da Rússia. In: TURGUÊNIEV, Ivan. *Diário de um homem supérfluo*. São Paulo, 34, pp. 74-92, 2018.

MARX, Karl; ENGELS, Friedrich. *A ideologia alemã:* Crítica da mais recente filosofia alemã em seus representantes Feuerbach, B. Bauer e Stirner, e do socialismo alemão em seus diferentes profetas. São Paulo: Boitempo, 2007[1845-1846].

WEBER, Max. *A ética protestante e o espírito do capitalismo*. São Paulo: Livraria Pioneira Editora, 1981[1904].

TURGUÊNIEV, Ivan. *Diário de um homem supérfluo*. São Paulo, 34, 2018.

GÓGOL, Nikolai. O capote. In: *O capote e outras histórias*. São Paulo: 34, pp. 7-43, 2010.

ROTH, Philip. *Pastoral americana*. São Paulo: Companhia das Letras, 2018.

SOBRE OS AUTORES

SIMONE MAGALHÃES BRITO é professora do Departamento de Ciências Sociais e do Programa de Pós-Graduação em Sociologia (PPGS) da Universidade Federal da Paraíba (UFPB). É PhD em Sociologia pela Lancaster University (2007) e tem mestrado (2002) pelo Programa de Pós-Graduação em Sociologia (PPGS) da Universidade Federal de Pernambuco (UFPE) e graduação em ciências sociais pela UFPE (2000). Tem interesse nas áreas de teoria crítica, sociologia da moral, sociologia da educação e ensino de sociologia. É autora de "A esperança tardia: Desencantamento da arte e persistência da utopia na teoria crítica contemporânea" (2016).

RENAN SPRINGER DE FREITAS é professor titular do Departamento de Sociologia e Antropologia e do Programa de Pós-Graduação em Sociologia (PPGSA) da Universidade Federal de Minas Gerais (UFMG). É doutor (1989) e mestre (1983) em sociologia pelo Instituto Universitário de Pesquisas do Rio de Janeiro (Iuperj) e tem graduação e ciências sociais pela UFMG. Se interessa por teoria sociológica, sociologia do conhecimento, sociologia da ciência e sociologia da religião. É autor de "Judaísmo, racionalismo e teologia cristã da superação: Um diálogo com Max Weber" (2010) e "Ciladas no caminho do conhecimento sociológico" (2020).

1ª EDIÇÃO	FEVEREIRO 2024
IMPRESSÃO	ESKENAZI
PAPEL MIOLO	PÓLEN BOLD 90G/M²
PAPEL CAPA	CARTÃO SUPREMO 300G/M²
TIPOGRAFIA	BAMBOOK E GUARDIAN